谨以此书，献给川藏、青藏公路建成通车 70 周年。

一路格桑花

敖超 ◎ 著

黑龙江少年儿童出版社

图书在版编目（CIP）数据

一路格桑花 / 敖超著. -- 哈尔滨 ：黑龙江少年儿童出版社，2024.4
ISBN 978-7-5319-8563-1

Ⅰ. ①一… Ⅱ. ①敖… Ⅲ. ①长篇小说－中国－当代 Ⅳ. ①I247.5

中国国家版本馆CIP数据核字(2024)第080724号

一路格桑花
YILU GESANGHUA

敖超◎著

出版 人：	张　磊	
责任编辑：	郜　琦	
插　　图：	冰　兰　孙建光	
出版发行：	黑龙江少年儿童出版社	
	（黑龙江省哈尔滨市南岗区宣庆小区8号楼 150090）	
网　　址：	www.lsbook.com.cn	
经　　销：	全国新华书店	
印　　装：	哈尔滨午阳印刷有限公司	
开　　本：	889 mm×1194 mm　1/32	
印　　张：	7	
字　　数：	150千	
书　　号：	ISBN 978-7-5319-8563-1	
版　　次：	2024年4月第1版	
印　　次：	2024年4月第1次印刷	
定　　价：	45.00元	

目录

001	1 青春撞满怀
006	2 红袖章奶奶
011	3 神秘的来信
015	4 都是谁的错
026	5 永远躺在黑夜里的人
034	6 摸一摸柏油马路
043	7 "鸡毛信"特派员
048	8 "泡豇豆"参军
053	9 酸奶的味道
059	10 背着公路进藏
064	11 炸石伤战友
073	12 藏在被窝里的铁锤
081	13 血浓于水
090	14 冻土火攻

095	15	一路格桑花
101	16	雪地生还
115	17	两路通车
120	18	开荒生产
126	19	江水无情
131	20	坚强的女人
135	21	道班之歌
143	22	老乡普布大叔
148	23	车祸救人
161	24	鸿雁声声
168	25	怒江大桥
174	26	用余生站岗守桥
179	27	雪地车祸
185	28	护送您一程
192	29	道班遇亲人
198	30	信的主人
209	31	赞天路
212		后记

1 青春撞满怀

志得中学初中部七、八年级的学生回教室前必经一段过道。过道不长,休息时间总黑压压挤满了人。男同学中总有那么几个喜欢恶作剧,看到那只顾盯着自己脚尖或目不斜视行走来的女生,便像黑蝙蝠一般突然飞出,得手之后常摆出狒狒的经典动作,得意的他们总会引来一片哄笑。

太嚣张了!今天,李萌萌第一次遭遇这样的惊吓,一股无名之火瞬间蹿上了脑门,她想一脚跺到始作俑者半新的运动鞋上,却被他灵活地跳开了,使得那家伙愈发得意地狂扭腰肢。李萌萌拿起一本书对准他五官乱飞的脸,想打平他恶作剧得逞后张狂的表情,可是书偏离了目标,提前落了地。

才刚到校报到不久的七年级女生李萌萌居然要硬怼平时嚣张惯了的男生,同学们很快聚拢过来凑起了热闹,口哨声、起哄声随之如潮水般涌来将李萌萌紧紧包围。

在这样一个地方成为焦点，可不是什么好事！李萌萌忙弯腰去捡自己的课本。可是，一只脚毫不留情地踩了上去！李萌萌脑子嗡地一响，使劲推了那条腿一把。那人一个趔趄，后退了两步。眼看脚离开了书，李萌萌赶紧去捡，可那只正接受大家注目礼的脚，快速地又重新踩了上去。

一只善解人意的手掰开了那条开始较真儿的腿，把书从恶作剧者的脚下抽了出来，递到了李萌萌跟前。

简短的一瞥，帮忙解围的他，清清瘦瘦的。他的目光那么澄澈，如旭日般照在李萌萌脸上。李萌萌的脸一下有些发烫，连谢谢也没说出口，接过书一溜小跑逃离了现场。身后，那个男孩还拦着始作俑者，帮忙圆场："跟个女生较什么劲！"

他的话音刚落，恶作剧的男同学就带着大家一起起哄了起来：有阴谋！有企图！有阴谋！有企图！……

李萌萌没有早恋，如果是讹传，应该就是从这个时候开始的。

那个为李萌萌解围的清瘦男孩叫杨帆。说来也怪，这之前像从未看到过学校里有这个人的存在，可这之后，他的身影总能撞进李萌萌眼睛里：下楼做课间操，间隔几个人头的他正和男生勾肩搭背、有说有笑；体育课自由活动路过他们班教室，一转头，恰好见他身板站得笔直地在答问题；放学后的校门口，他从眼前掠过，利落地跃至同学的自行车后座……甚至两人还数次擦肩，就在过道上，李萌萌低下了头，余光瞥见他转开了脸。

不久后的一天，下午第一节课临近上课前，她被几名男同学拦在了过道上，就像预谋好的，几名男同学起哄着把杨帆推到了她的跟前。

那天一下午她都恍着神，听不清遥远的讲台前，老师激情澎湃地到底讲了些什么。

事情发展到她一心想退学，还是因为那只足球。那天放学时，李萌萌被一只足球砸中，那球竟然是杨帆踢的！

杨帆也不知道怎么就砸到了李萌萌。他在球场上远远瞧见一个女生，手里拿着什么东西沿操场边往校门口走，那个身影有一点点眼熟，一分心，球就飞了过去。

李萌萌受惊后，手中的小黑瓶旋转飞起，转而墨水飞溅，在她小白鞋上晕出一朵朵小花来。她转身看向足球场，幼鹿般的黑眼睛看到了杨帆。虽然他低头蹲下身假装系鞋带，但他那红到了脖子根的脸还是成功地把他给出卖了。

事情过去就过去了，可他偏要翻窗进李萌萌班的教室，还被几名同学给抓了现行，其中一名女生正是李萌萌的同桌兼好友蒋倩。

"我说我走错教室了,你们相信吗?"真是个糟糕的解释,同学们当然不信,他被带去了年级主任办公室,老师也不信,随后李萌萌也被请到了办公室。

杨帆为了自证清白,交代了球场的事,可同学从李萌萌课桌里"搜"出来的不仅是一瓶墨水,还有一张太过抒情的道歉小纸条。

"啊,那斐然的才情啊!"蒋倩是这么跟人说的。

老师已经把事情压了又压,墨水和纸条的故事还是在校园里悄然传开了,最后演变成了两个人早恋的传闻。

李萌萌开始有意避着蒋倩,杨帆也有意避着李萌萌。

可是就像约好了似的,不久后他们就又在过道口狭路相逢了。低着头只管走路的两人相互挡了道,面面相觑,眼里一样地除了惶恐,还有星星般的光芒一闪而过。接着两人脸红得像那天的晚霞,发现异样,又一同低下了头。

有人尖叫,有人起哄,不知又是谁带了头,大家扯开嗓子大合唱一样地又闹了起来:有情况,有情况……

李萌萌想逃,杨帆何尝不是。李萌萌抬左脚,杨帆迈右腿,李萌萌向右,杨帆向左,两人刚好相互挡着道。滑稽的一幕惹得同学们笑得更大声了。

李萌萌自己也不知道怎么逃离开现场的,总之,她之后在校园里,不是在躲避,就是在逃离。她的成绩随着她的情绪开始一路下滑。终于,当她第一次拿到一张没及格的数学试卷时,还没到放学时间,她已经"受命"背着书包离开了校园。

受老师之命——请家长。怎么对老爸说呢?老爸一直以为她还是一贯的好成绩呢,该怎么解释呢?

徘徊在回家的街口,数着走过了多少个下水道井盖,终于她鼓起勇气拨了老爸的手机

通了,没人接。再拨,还是没人接。拨了好几次,她的心情从一开始的忐忑,害怕老爸接通电话转成了对老爸不接电话的疑问,希望老爸快点接通电话。终于,在拨了一次又一次后,电话里传来了老爸略带急促和不耐烦的声音:"放学了?先到爷爷这里来吧。"

才几点呢?就以为放学了!他就没察觉出异样?他就没感觉到自己的女儿遇到了问题?有这么做爸爸的吗?李萌萌心里把老爸抱怨了一遍,转念一想,老爸就这么急匆匆挂了电话,是不是爷爷出了什么事?

想到这里,李萌萌一个激灵,赶紧向着公交车站快步走去。

2 红袖章奶奶

  李萌萌的爷爷叫李福海,退休前曾在西藏的一处道班工作很多年。李萌萌问过爷爷,道班是什么啊?爷爷就会喋喋不休地说:道就是路啊,比如铁路、公路,道班呢,就是专门负责维护这些路的地方。具体来说呢,每个道班只负责一段路的养护工作。做什么呢?比如说清扫、排查隐患、小规模维修等等。每个道班的人数啊,以及每个道班所负责的路段长度,是根据当时的交通量、路面种类和机械配备等条件确定的。总的来说呢,道班就是保障道路交通安全与畅通的重要组织。爷爷所在的是公路道班,不仅是看着西藏公路一次次发展变化的人,还是切身加入进去的人……

  在李萌萌的印象中,爷爷虽然啰唆,但是非常和蔼可亲,对她这个孙女更是到了言听计从的地步。但是爷爷和他的一双儿女关系却并不好,特别是和李萌萌的姑姑李远桂。现在是爷爷老了,体力撑不起脾气的发作,父女俩的关系才总算以姑姑占上风的说话方式换来了今天的父慈女孝。再早几年,这对父女活脱脱就是两只刺猬,双方都有一种防御的机制,又想相互靠近,一靠近又总是在一些小事上,能让彼此成为筛子。这个时候李萌萌的老爸李远昌就会表现出高超的太极功底,和得一手好稀泥,绝不引火上身,两边都不得罪。比如有一年临近春节,父女俩因为怎么装饰门楣掰扯上了。姑姑说只需要贴大红的春联,爷爷非要在春联上再挂一条雪白的哈达。每当这个时候,李萌萌就觉得老爸跟没长心一样,没有自己的观点,窝窝囊囊的。还是李萌萌力挺姑姑,说周围人家怎么装饰的,爷爷家就怎么装饰,事情才在爷爷的沉默中结束。

　　换乘公交车,到了爷爷居住的干休所门口。李萌萌喜欢这个地方,每当走进干休所的大门时,就仿佛觉得自己穿越了时空的隧道,回到了二十世纪六七十年代。从两排枝繁叶茂的香樟树下走过,夕阳透过树叶的缝隙洒下,斑驳的光影在李萌萌的脸上慵懒地晃动着。她喜欢这种感觉,一种老电影里出现过的说不出的陈旧却又让人心里生出力量的感觉。

　　穿过健身广场,再往里走,是几排红砖和混凝土结构的两层楼房,楼房的墙面虽然经过了翻新,但是简朴的造型、硬朗的线条和小格木制的窗户,透着难以掩饰的年代感。每栋建筑都是单家独院的，中间由一排修剪过腰高的四季青隔开，一道木门进去，就是一个小院。有的院子种了花，有的院子种了菜，有的养了调皮的小猫小狗。小家伙们自由地从这家院子窜进那家院子，那躺在摇椅上轻轻摇晃的老人，脸上沟壑纵横，在收音机的新闻播报声里，用半带沙哑的声音拖长了调，还能准确地叫出小猫小狗的名字。

这个喧嚣城市中的干休所仿佛是一座被时间遗忘的角落，又好像是这里的一草一木固执地不愿意忘记从前的时光。

爷爷是固执的，他的邻居们是固执的，连他们的后代，比如姑姑和父亲，也是固执的。

穿过几栋房子，还没走到爷爷住的院子，李萌萌瞧见迎面走来一位腰板挺直戴着红袖章的奶奶。李萌萌是想躲的，可没来得及，就被奶奶叫住了："甜甜！甜甜！我看到你了！过来！这边来！"

没办法，李萌萌只能硬着头皮向着奶奶走了过去。

奶奶穿着二十世纪七八十年代才有的的确良衬衣，上面的碎花图案已经洗到模糊不清了，她的左臂胳膊上戴着的红袖章虽然已经洗到泛白，在她的穿着打扮上依然最为醒目。李萌萌知道这位红袖章奶奶即便头脑有些糊涂了，她依然是全院里作息最准时的老人。爷爷说，这么多年了，院里就她还保留了在部队里的作息，早起早睡。每到饭点，她就拿着她的搪瓷碗，像还在部队里一样，小跑着到食堂里打饭。别的老人都有保姆照顾，她没有。以前来了好几波保姆，没待多久，都摇摇手，把工资当烫手的山芋一样塞还给了奶奶的后代。后来奶奶家就再没出现过保姆了，成了她一个人的天下。

"甜甜，你回来了啊？你长高了啊！以前我休假回保育院看你哥哥，你才这么一点点高！你就跟着哥哥叫我妈妈！哈哈哈，叫我妈妈！"红袖章奶奶说着说着就自个儿哈哈笑了，她的嗓门有些大，加上声音比较高亢，显得她的笑声格外地爽朗。

"奶奶，我是李萌萌，李福海家的孙女！"李萌萌知道红袖章奶奶耳朵不太好，所以尽量把声音放大。

"道班修路那个李福海啊，你找他啊？甜甜，我告诉你啊，他家在前面，转个弯就到了。"红袖章奶奶说完又哈哈笑了。

眼前这位红袖章奶奶，年轻的时候参加过解放战争，后来跟着部队进了西藏。奶奶有三个儿子，已经过世了一个，另外两个儿子也早退休了，在其他城市带孙子。逢年过节一家人会过来看她。李萌萌从来没有看到过红袖章奶奶的儿孙们，倒是一进院子就会听她常常讲起她的孩子们。奶奶每次见到李萌萌就会叫她甜甜，还会拉着李萌萌的手给她讲以前的故事。什么故事呢？红袖章奶奶年轻的时候在西藏太艰苦了，无奈之下把自己的孩子放在了内地的一所保育院。那所保育院里全都是父母在西藏的孩子。一次，红袖章奶奶好不容易请了假，辗转千里带了一些苹果到保育院看自己的孩子，结果自己却认不出他们了。整个保育院的孩子们一听她是西藏来的，都围上来叫她妈妈。红袖章奶奶就把带的苹果切成小小的块，分给了孩子们。可是分到最后一小块苹果的时候，经过保育员的提醒，才知道自己的儿子还没有分到。可是这时一个矮矮的女娃，抱住了她的腿，伸出了小手，哭着叫妈妈。于是，她抱住了那个女娃，把苹果递给了她，还问女娃苹果甜不甜……

整个院里的人都很尊敬这个奶奶，虽然她有些糊涂。

李萌萌笑着和奶奶告了别，三步并两步地往爷爷的院子走去。

爷爷的院子里有一株葡萄藤，藤下有一张大理石圆桌。平常爷爷就会坐在轮椅上，在圆桌旁打理一盆花，或者开着收音机拿着一本书打盹。

今天的圆桌旁，轮椅还在，却没看到爷爷。圆桌上奇怪地摆放着一个陈旧的长方形铝盒、一副款式陈旧的老花眼镜，眼镜下面压着几页泛黄的纸。

神秘的来信

菜头：

　　你说这是不是运气？老汉喊我去卖个圆根萝卜，我就碰到他们了。你肯定想问，他们是咋样子一群人呢？

　　你听我给你说，差不多去年的这个时候，天还是很冷的，他们从安徽走到了长江边上，准备渡江。安徽到江边二百多公里路啊，这五六万人那么长的队伍，到了江边，好多人的布鞋都没有底了，脚冷得像个红萝卜一样，却没一个掉队的。江水那个冷啊，流得还急得很，比我们屋后头的河水急多了。冷就不说了，就那个木板板，还有树子中间掏个洞洞做的船，要是被几个浪头打翻，后果不堪设想哟。但是他们，就是没人害怕。为啥呢？就因为一个口号，要打过长江去，要解放全中国！

　　……

泡豇豆
1950年3月2日于乐山

具有年代感的东西出现在爷爷这里,李萌萌不会觉得有什么奇怪的。但是这样的信件,她还是第一次看到。李萌萌把信摊开看了一半,又重新折好,小心地轻轻放回原位,用老花眼镜重新压住,生怕弄破因年头过长而变得脆弱的纸张。放下信,她又好奇地拿起了铝盒,打开盖子,里面居然整整齐齐地全是这样的信纸。拆开几封,都是"泡豇豆"写给"菜头"的。

"菜头"是谁?"泡豇豆"又是谁?

这堆信一下唤起了李萌萌的好奇心。她想问问爷爷,连叫了几声后,没人应她。一个不好的念头从脑海里突然闪过,她赶紧走进屋里,从楼下又喊到了楼上,在二楼的书房里看到了坐在书桌前表情严肃的爷爷,她悬着的一颗心才落了地。

老爸也在,隔着书桌坐在爷爷对面,看到李萌萌,就像见到了救星,站了起来,激动地说:"爸,这丫头还上学呢,我怎么走得开?"

正当李萌萌听得丈二和尚摸不着头脑的时候,爷爷突然吹胡子瞪眼地一拍桌子,下最后通牒似的说道:"我这辈子就这么一个心愿了!困难都是可以克服的!萌萌可以让远桂来照顾一个星期,就这么说定了,你马上给远桂打电话!马上!"

爷爷发了火,果然,李萌萌看着老爸再一次没有坚

定立场地点了头。

老爸给姑姑打完电话，李萌萌才明白过来，原来是爷爷过世的一位战友，他的后人辗转找到了爷爷，把他们认为是该给爷爷而一直因为一些原因没送到的信，送到了爷爷手上。然而，爷爷却说，收信人现在在西藏，爷爷已经联系了收信人，还非要自己带着信，让老爸送他进西藏。哪怕他因此在进藏路上有个三长两短，他都认为是应该的，认为是值得的。

老爸当然不同意了，爷爷这么大年龄了，怎么能经得起出远门的折腾？可劝又劝不住！还有谁能犟过爷爷，脾气大过爷爷呢？还真有！那就是姑姑了。姑姑在电话里一下就炸了，对这两父子一通指责："你们知不知道进藏有多危险？"

姑姑电话里数落了他们一通，明显觉得不过瘾，通知自己"不动脑子想想"的父亲和弟弟，她明天就乘飞机过来，等着挨收拾吧！

4 都是谁的错

这一堆突然出现的神秘信件，算是彻底把李萌萌请家长的事给搅黄了。老妈在外地出差是回不来的，请家长就只能是老爸了。但是因为爷爷有腿疾，出远门必须要有人陪同，他居然用绝食要挟老爸就范！可怜的老爸就只能形影不离地守在老爷子身边了。

第二天到学校，李萌萌就知道数学老师会联合班主任，一起收拾她！老师们说了，这是对她的重视和关心，家长是必须要见的！老师们告知她，请不来家长就回去继续请，这么不负责任的家长，老师也很想见见，开开眼。这下好了，等于第二天给李萌萌又放了一天假。

李萌萌背着书包又去了爷爷家，向老爸如实汇报，老爸那眉头就像毛毛虫一样蠕动着扭到了一块。但老爸显然没空，见女儿过来了，还让女儿劝爷爷先吃口饭。

好家伙，爷爷可真够固执，居然真的就再没进食过！可平时最在乎孙女的爷爷，居然不上套，软硬都不吃，就是要老爸答应开车带他进西藏。

西藏！西藏！西藏有什么好的？李萌萌实在是想不明白。

在爷爷面前败下阵来，李萌萌怄气地坐在院子里的葡萄藤下。她拿出手机查了一下有关西藏的知识和老年人进藏的风险：风险主要来自高原反应。高海拔地区空气稀薄，氧气含量低，容易导致包括缺氧、耳鸣、头晕、心跳加速等症状的高原反应。体质较弱的人甚至可能晕厥。一旦出现感冒发烧症状，应停止继续旅游，或回到海拔相对低的地方……

体质较弱的人甚至可能晕厥！天哪，李萌萌一下就站在了姑姑那边，并盼着姑姑早些来"收拾"爷爷。

亲爱的姑姑拖着一个大大的行李箱驾到的时候，已经是下午两点左右了，爷爷已经成功绝食三顿饭了。

姑姑径直走到了爷爷的卧房，就给了她的弟弟一个超级大的白眼，李萌萌心里笑开了花，心想还是姑姑给力，姑姑一到，就都太平了。

果然，姑姑火力全开，对着爷爷就是一顿强有力的密集输出："爸，您一把年纪了，拿着国家的退休金，不好好享受老年的幸福生活，您这还要进藏，身体受得了吗？您说说您这是为什么？图什么？您有考虑过后果吗？"

一分钟，三分钟，十分钟……半个小时过去了，在姑姑的火力之下，爷爷像筑起了防火墙，守着一个准则：开车带他进藏，他就吃饭！

姑姑的脸色从红的，变成白的，又变成黑的，最后眼泪一下冒了出来。她一跺脚，转身下了楼，像泄气的皮球一样，一屁股坐在葡萄藤下的小板凳上。

李萌萌也跟在老爸身后下了楼，站在姑姑身边。老爸开玩笑地带着幸灾乐祸的口吻对他这位姐姐很久都没有出现过的败绩，表示遗憾。

姑姑一下火了，把怒火扔向了她的弟弟："他把自己给了西藏，把爱给了你，给了我什么？"姑姑不再丰满的嘴唇一瘪，眼泪啪嗒就掉了下来。

老爸自知自己失言在先，赶紧转身从屋里给姑姑倒了一杯热水，又拿来一盒纸巾，递给李萌萌，给她使了一个眼色，忙不迭转身离开火力点，赶紧上了楼。

一贯强势的姑姑怎么哭了？留下来打掩护的李萌萌一下不知道该怎么安慰，小心地递了一张又一张纸巾后，姑姑自己平静了一些，在李萌萌面前像是找补面子似的说："父母对儿女总是无私的。你爸生在西藏，他的童年基本是快乐无忧的。自从他来到这个世界，你已经过世的奶奶，就对你爷爷说，一定要把你爸带在身边，不能像我这个女儿一样寄养在外婆家，也就是你外祖婆婆家。我像你这么大的时候,你知道我是怎么过来的吗?可怜啊。"

李萌萌跟姑姑其实不太亲近。同样作为家里的女性,李萌萌觉得自己被全家人的爱包裹在中间,而姑姑却好像始终游离在李家的外围。哪怕姑姑就站在爷爷院子里,就在自己眼前,李萌萌也觉得姑姑像被透明的物体隔开一样,透着疏离。但姑姑在家里说一不二的地位,那可是李萌萌亲眼所见的!

"姑姑,全家人都让着您,听您的,您怎么就可怜了?"李萌萌脱口而出,而说完她就后悔了,因为姑姑一下愣住了,好一会儿后,拉着也想逃上楼的李萌萌,把她的人生咬牙切齿地讲了一遍。

奶奶生姑姑的时候是在拉萨。那个时候因为医疗条件有限,并不像现在能提供氧气,可能是因为海拔高缺氧的原因,不少孩子一出生,心脏就有问题。姑姑是爷爷奶奶的第一个孩子,年轻的他们也不懂怎么养胎,那时候也不兴养胎,再说回内地也很麻烦,他们明知道不少内地进藏的妇女生下的孩子有问题,还是抱着侥幸心理把姑姑生下来。结果,姑姑一出生就检查出心脏病,果然生下了一个不健康的孩子。

医生就赶紧劝,当妈的赶紧抱着孩子回内地吧,心脏不好,不适合生活在西藏。爷爷奶奶也急,孩子命重要啊！奶奶抱着姑姑赶紧就往内地赶，把孩子送回了自己重庆的娘家，让外婆搭把手帮忙带着点。

这个娇弱的孩子啊，外婆看着心疼啊。她也以为孩子妈这回来是要把孩子好好带大，只是让她搭把手呢。结果孩子还没到断奶呢，孩子妈就急了，说孩子爸在道班工作太忙，身边没有人照顾，肯定不行啊！

奶奶就把包袱一打，要回西藏。外婆急了，问自己女儿，孩子这么小，你舍得？奶奶就不说话，只顾着哭了，哭得外婆心啊肠啊全软了，也就眼泪一抹，抱着孩子出了门。权当看不见这个，刚当妈的奶奶把包袱一打，悄悄地就走了。

那时候的姑姑才多大啊，妈都还不会叫，所以后来看到别人有爸喊有妈叫才格外羡慕和心酸。她还因为把外婆叫作妈妈，被村子里的人当作消遣的笑话。

在姑姑李远桂的世界里，外婆可亲可亲了。她替代了李远桂的父母，成了她最大的依赖。在李远桂十五岁之前，她都没见过父母几次面。那少数的几次父母回来，她都怯怯的，不敢叫人，甚至还躲得远远的。为这事，外婆没少教她，自己的父母才是最亲的，要去多亲近，晚上要跟着自己父母睡。可李远桂怎么也学不会，什么叫"多亲近"，和父母一个床睡觉，半夜还会爬起来，重新爬到外婆床上去。

后来他们有了一个小弟弟，一个健康的小弟弟，心脏没有一点问题。父母在信上说要把小弟弟留在西藏，放在他们身边。李远桂是从外婆和别人聊天时听到的，他们觉得孩子没在身边不亲，所以怎么也要把弟弟放在身边。

李远桂一度很憎恨自己的心脏，一度也很憎恨这个小弟弟，当然，还有自己的父母。可憎恨有什么用呢？憎恨并不能缓解她对父爱母爱的渴望，以及对一个完整家庭的幻想。

日子就这么一天天过去，李远桂也一天天长大，眼看在外婆的陪伴下也爱说爱笑，长成了亭亭玉立的大姑娘，可在她十五岁那年，外婆出门干活，在田埂上摔了一跤，一句话也没留下来，人就没了。

于是，十五岁的李远桂一夜之间就真的长大了。

她的妈妈从西藏赶回来，哭着喊着出现在外婆家的屋门前时，李远桂已经在帮忙料理外婆的后事了。

李远桂看着哭得撕心裂肺的妈妈，觉得她和外婆比起来是那么脆弱，那么遥远。

大家都在劝李远桂不能伤心，心脏不好，哭不得。她还真没哭。她平静地带着她的妈妈，给村子里各家磕头谢礼，感谢乡亲们的帮助。

村里人都说这娃懂事，都开始操持家事了。背地里还是有一两个嚼着舌头，奇怪这外婆带大的娃，咋就没有眼泪，咋就不伤心呢？

直到她的妈妈去集市打听有没有进藏的汽车，留她一个人守在外婆的遗像前，她才哇的一下哭出了声，并昏了过去。李远桂是被隔壁大爷骑着自行车驮进县里医院的。她的妈妈已经接到口信在那里等着了。医生一检查，说了没什么事，她的妈妈又非要医院给她做了另外好几项检查。她这时心还想啊，这是亲妈啊，还是关心她的。可等到检查结果一出来，她的妈妈才如释重负般告诉她，医生说了，只要注意点，还是可以进西藏的！

进藏！为什么要进藏？西藏到底是一个什么样的地方？父母为什么要进藏？还要带着他们心脏有问题的女儿进藏？！

她的妈妈说了，让女儿独自在内地生活，当妈的不放心。李远桂知道她没有说出口的，是让她留在重庆陪女儿，她是办不到的！

李远桂没有选择，她跟着她的妈妈坐上了车，车倒了一次又一次，一路颠簸，花了半个月的时间终于走进了在道班里的那个小房子，他们的家。

那是多么陌生的家啊，从屋子到家具到人，都是那么陌生。

进了家门，她第一次真正记住了自己弟弟李远昌的样子。那是一个在父母的爱里百般呵护成长起来的男孩，拿着玩具横冲直撞，还敢对着父母发脾气！那就是爱和包容里长大的孩子吧，不像李远桂在这个家里，连呼吸都是克制小心的。

不习惯，很不习惯！

这些不习惯里，最难以忍受的就是她的妈妈总要逼着她喝牦牛奶，说那可是好东西，说是从父母口里节省出来的，这都是为了她好！可她闻到那味道就作呕，怎么也喝不下。悄悄倒掉那次被她的妈妈碰巧撞到了，她说她这个乡下来的女儿是多么地不识好歹啊！

她开始疯狂地想念乡下，想念外婆。她甚至鼓起勇气提出要自己回乡下住，可父母眼神里的惊讶和失望，如刀子般划伤了她，让她再也没有勇气提第二次。加上父母慢慢表现出来重男轻女的护短，让小小的家里摩擦不断，最后越演越烈。

她是多么地想念外婆啊，她开始拒绝沟通，父亲说她人小鬼大，这么叛逆！可在乡下的时候，她可是家家都夸懂事的好孩子！

道班院子里，离城里远，上学很不方便。后来，父亲到处找人帮忙，终于让她进了一所有宿舍的学校，这才结束了和父母摩擦不断、冷战不停的日子。她就会想，住宿的生活，是为了她上学，还是为了让她从那个家里搬出去？

和父母相处的时间变少了，和他们的矛盾也减少了，可是也更加疏远了。

她的学习成绩差，很难说不是因为家庭的原因。以至于后来她的心思没办法放到学习上，她一心只想着等哪个工厂招工，就报名当工人去，彻底离开这个让她身心疲惫的家庭。

她如愿以偿地赶上招工，顺理成章地有了工作，她以为这是多么好运的事，直到多年后才后悔没有听劝考个大学，而过早地走进了社会。可是这世上没有后悔药啊！

参加工作后，李远桂住进了单位分配的宿舍，她觉得自己终于呼吸上了自由的空气，也有了底气，一年也不用回几次父母的家。

刚刚参加工作的李远桂，心中充满了期待也充满了不安。迈出了人生独立的脚步，这是一个全新的开始。在新的工作环境里，她对人彬彬有礼，工作认真努力，她让自己处于一种学习和成长的状态，不断地拓展自己的能力和视野。有时候遇到点困难，也迷茫和困惑，但她总是能调整过来，接受挑战。这样自强不屈的性格，受到了单位领导和同事们的一致好评，她心里知道这么不怕苦不服输的性格是怎么形成的！

在友好的氛围中，她再一次有了笑容和生命的活力。她自己也没想到，在离开家庭的环境里，她竟然过得这样如鱼得水、风生水起。

女儿在单位里表现好，当妈的心里又是高兴又是焦虑。高兴的是女儿有能力靠自己生活了，焦虑的是她始终放心不下女儿心脏的问题。曾经一度因为她对女儿身体的担心，两母女的关系有所缓和。但随着李远昌考上大学，接着大学又毕了业，他本想和几个同学回到西藏工作，可母亲说什么也不同意，她不想让儿子吃太多的苦。

不让儿子吃苦？同样是这个妈，她可是非要女儿进西藏的！李远桂的心结再次越拉越紧，最后脆弱到绷断开来，直接断了联系。

老夫妻俩由于身体原因回到了内地养老，儿子也只能留在内地，每当有人提起这个不曾回家露过面的女儿，她要强的妈妈就发牢骚说："就当没有这个女儿。"可每次她话说完，眼眶就红了。

后来李远桂结婚生子，都没有邀请家人。日子一天天过去，直到前几年妈妈过世，也退休回内地了的她深受触动，发现自己也很想念自己的父母亲人，才和自己和解，接受了特殊时代给的伤痕。她应邀参加了这个大家庭的家事讨论，和老父亲和弟弟在妈妈的葬礼上拥抱着泣不成声。

恢复了来往，她也知道，大家总照顾她的情绪，对她发表的意见表示出了极大的肯定和尊重，这样让她感觉到一种无形的隔阂。父亲李福海刚开始和她还有对着呛的时候，她反而觉得还亲切些。可随着她火爆脾气的暴露，后面老爷子慢慢也歇了火，甘愿这个女儿处处占着上风。

可这次，一把年龄的老父亲不要命了要进藏！她苦口婆心好话坏话说尽，竟然也没用！她再次觉得父亲是那么疏远，委屈的眼泪忍不住地掉了下来。

父亲宁肯伤她的心，甚至还以绝食作为威胁，这到底是为了什么？

5 永远躺在黑夜里的人

李远昌在楼上又劝了一会儿老爷子,见他还是不为所动,没办法,还得下楼来和李远桂解释下那些信的分量,商量对策。李远昌一下楼就看到李萌萌抱着李远桂。这是多么美好的画面,李远昌不禁觉得有些感动和欣慰。

李远桂见到李远昌,表情也缓和许多,示意李萌萌去拿了一把椅子过来,两姐弟坐在院子里平心静气地开始商量对策。他俩心里都清楚,老爷子对西藏的感情深,对道班的感情更深,这么执意要进藏,除了想把那些信亲手送给信的主人这个主要原因外,他还很想再进藏看看,看看进藏路今天的样子,看看西藏今天的样子。但是毕竟老爷子年龄大了,身体状况不是很好,他们对老爷子进藏的想法依旧持谨慎保守态度。

老爷子从前清亮的眼睛已经浑浊了,毕竟快八十岁的人了。谁都看得出他的身体一天不如一天,何况他年轻的时候在西藏还落下了病根,高血压啊、心脏病啊、痛风啊，占了个齐全，咋能经受得起高原反应？有啥能比命重要的？再想想老爷子以前在道班的时候，那是一个威风啊！

两姐弟聊了一会以前道班的事，这时，李萌萌的电话响了，她看了看手机，皱了一下眉。李远昌瞥了一眼，刚好看到李萌萌删除了一个微信好友，那个头像李远昌认识，正是李萌萌的好友蒋倩。

"怎么，不做朋友了？"李远昌故意打趣地问。

"谣言满天飞，还不是她！这辈子都不想看到她！"李萌萌说着仰起了头，委屈巴巴的样子。

"不见就不见。你爸小时候也失去过朋友。"李远昌说着苦笑了一下，接着说道，"还是永远失去。"

李萌萌看向父亲挤出的那一丝尴尬的笑，表示怀疑："永远失去？"

李远桂叹了口气，站了起来，示意李萌萌坐到自己刚坐的板凳上，往楼上一努嘴说："换我上去再试试。刚好，你让你老爸讲讲他那时候的故事。"

父亲李福海是一名道班工人，李远昌自幼便跟着父母在道班院子里长大。道班里像他这么大的孩子没几个，那时候根本就没有幼儿园，小学也是过了八岁才上的。

早晨，天还没有亮，父亲李福海就会提着母亲亲手准备的饭盒，扛着铲子，出门开始一天的工作。父亲出门后，母亲才会腾出手来照顾他："赶紧起床，你爸都出工了，像你这样睡不醒的懒虫，长大能干什么？"那时候的妇女大都是大大咧咧的性格，母亲也不例外。

母亲是重庆人，因为读过一点书，在道班很受尊重。谁家记个账、读个信，都喜欢找她。道班那几个和李远昌年龄相当的孩子，还会被他们各家家长送到李远昌家里，好让自家孩子跟着李远昌做陪读，一起识几个字儿。

常来家里的有三个孩子和李远昌年龄相当，其中年龄最大的叫朱贵平，大李远昌一岁半，是道班院子里的孩子王。李远昌和小自己两个月的扎西罗布对朱贵平唯命是从。唯一的女孩石金花是他们中间年龄最小的，长得也娇娇小小，声音柔柔弱弱的，最受照顾。

道班总共两排房子，每排八间，前面一排是大人们办公的地方和仓库，后面一排是住宿的房子，每家两间，一间用来做饭和吃饭，一间做卧室休息用。石金花家在东头两间，和朱贵平家是邻居，李远昌家是西头两间，和扎西罗布家是邻居。每天等大人们出工后，朱贵平总是领着石金花来到李远昌家聚头。

"嘿，李远昌，今天玩骑马怎么样？"朱贵平的点子最多，每天玩什么几乎都是他提议，他说了算。

不准出道班大门是大人给孩子们定的规矩。一出道班大门，外面便是公路，要是突然蹿出一辆车来，就很危险。在道班院子里，"骑马"是玩得最多的游戏。为了玩这个游戏，哪个男孩膝盖没磨破过皮？为此，李远昌还被母亲揍过一顿呢。

道班的院子实在太小了，随着年龄的增长，也就关不住他们长长了的腿了。他们会趁大人不注意，偷偷溜出院门，跑到外面玩游戏。院子后面有一条小溪，说是小溪，也就在冬天的枯水期是小溪。那个时候小溪潺潺，水流缓缓，像个安静的姑娘；可是夏天雨季来临，水位就会上涨成湍急的小河，像个暴脾气的少年。

水流不深的时候，朱贵平就会带着小伙伴们跨过小溪，跑到树林里去玩。有一次大家去树林里玩，石金花不小心摔破了膝盖。看着红红的血浸透了棉布裤子，石金花的哭声惨烈到把李远昌直接给震蒙了，把扎西罗布直接给吓跑了。还是朱贵平到底年龄大些，大着胆子要帮石金花擦拭伤口，可石金花怕疼，连连后退，生怕碰到了腿。朱平贵便不停安慰她，答应不碰到她的腿，蹲下身要背她回家。

石金花虽然还抽抽搭搭眼泪汪汪的，但一听有人要背她回家，情绪就平缓了下来。朱贵平便指挥李远昌帮忙托住石金花受伤的腿，一起护送石金花回家。

从那以后，石金花一有好吃的，只给朱贵平。李远昌感到自己被冷落了,心里有点难受。

过了几天,李远昌被父母关了起来。原因是不准他靠近河渠。

雨季就要来临了,为了防洪,大人们要轮流去把后院的小溪挖成河渠。轮到李福海的时候,李远昌就会跟在父亲身后,去看他挑着担子运送挖出来的石块和泥土,或者蹲在一边用河渠里的湿土捏泥人。父亲这天穿的是母亲新给他做的布鞋,李远昌看着穿着新布鞋的父亲,感觉父亲干活儿都更起劲,觉得父亲是大人里干活儿最快最好的那个,心里也悄悄升起一种得意和自豪的感觉来。

临近休息的时候,大人们相互搭把手,相继从河渠里上来了。李远昌也开始把自己捏的泥人放好,准备和父亲一起回家。突然一阵惊呼,李远昌一扭头,看到突然从上游翻卷着冲过来一股洪水。洪水来的速度非常快,父亲赶紧把工具往岸上扔,自己也手脚并用往岸上爬。但越是着急,越是出乱子。父亲脚上一蹬,因为用力过猛,把一只新布鞋给甩到了河渠里。他忙掉头去捡,结果鞋子没抓住,就被大水一口吞掉,冲跑了。

"爸爸!爸爸!"看到全过程的李远昌吓坏了,连哭带喊,顺着河渠追去。好在一同干活儿的扎西罗布的爸爸冲了过去,眼疾手快拉住了李福海。只是人被拉上来了，李福海的新布鞋却跟着浪花越漂越远。

那可是母亲在油灯底下熬了好几个晚上才做出来的。李远昌白着一张布满泪痕的小脸，指着鞋子，又开始追，差点跌进了河渠里，还好被大人一把拎了起来，他嘴里还一会叫着爸爸，一会嚷着布鞋。

那个年代，苦啊，母亲说有一双底子厚实的鞋子，干活不伤脚。

全身还湿漉漉的父亲过来就在他屁股上火辣辣给了两下，严厉地告诫他离河渠远一点，等他委屈得哇地哭出了声，才又自责地牵着他的手，回道班院子换衣服去了。

李远昌记得很清楚，那一路父亲的手都在颤抖，他第一次体会到了什么叫失去。

为了让李远昌长记性，母亲把他关在了家里。可毕竟是孩子，正是像鸟儿一样到处飞的年龄，被关在家的几天，他难受极了，透过窗户，成天都能看到石金花和朱贵平又裹在一起玩游戏，心里就又无端地生出失落，最后变成了生气。

一天，他看到石金花和朱贵平又约在了一块，隔着窗户一问，原来他们是要去河渠那边采蘑菇去。李远昌脑子里立刻浮现出自己亲眼看到父亲差点掉进河渠被大水卷走的画面，他刚想提醒他们，可看着朱贵平和石金花在一起开心的样子，再加上朱平贵拍着胸脯说了，他已经去看过河渠，今天的水不大的，不会有什么危险。他就生气不理他们了。

高原的阳光是那么明媚，天空是那么湛蓝。李远昌能想象朱贵平和石金花是怎样跳过河渠，快乐地消失在了小树林里。

可是高原的天气，也是多变的。刚刚还晴空万里，转眼风吹来几块云朵，便哗哗下起了雨。狭窄的窗口，望着越下越大的雨，他的心里便不自觉地担心起来，小拳头也越攥越紧。

他们回来了吗？河水涨了吗？他们安全吗？

时间一分一秒地过去，他第一次觉得时间是那么漫长。终于，嘎吱一声响，门被打开了，是父亲。父亲看了他一眼，没说话，也没锁门，又转身出去了。李远昌心里有不好的预感，也追在父亲身后出了门。

李远昌跟着父亲来到河边的时候，看到大人们几乎都在这里。喧嚣的河水无情地怒吼着，大人们悲恸欲绝地哭泣和惊恐地呼喊着，声声泣血，哭喊声撕裂着在场每一个人的心。

李远昌站在父亲身后颤抖着，死死地咬住嘴唇。

后悔啊，真的悔不当初！要是劝劝他们，要是告诉大人，要是……他越想越难过，眼泪哗啦啦就下来了。

天色越来越晚，终于噩耗在下游被证实。

"娃啊！"朱妈妈号啕大哭。

在夜色的掩护下，李远昌惴惴不安地跟在父亲身后，鼓足勇气瞄了一眼曾经的小伙伴。他们被放在一起，一动不动，衣服湿漉漉的，脸上盖着一张黑布。

黑布下，他们是怎样的表情？李远昌不敢想象！

在场的大人们也发出了啜泣声，只有他脸色煞白，眼泪一直淌着，说不出话来。

那晚，李远昌做了个梦，梦里他看到了朱贵平和石金花，他们说不能和他玩了，他们手拉手走进了夜色里，把追赶的李远昌甩得远远的，远远的。不管李远昌腿跑得有多快，不管他说有多想念他们，他们都没有回头看他一眼，永远地消失在了夜色里。

讲完这个故事的时候，李远昌看了看女儿。他想说，要珍惜生命，珍惜身边的人，珍惜每一天。这些他都没有说出口，他不想再说教式地对待已经长大了的孩子，他相信女儿会有自己的体会和判断。

他沉默了一会，看向女儿。李萌萌一副明白过来了的眼神："原来进藏那么危险，难怪你们不让爷爷去！"说完，李萌萌转身往楼上走，而她身后的李远昌翻了一个白眼，对女儿的理解能力表示无语。

6 摸一摸柏油马路

躺在床上的李福海听到有人上楼的脚步声,绵软地陷在床上的身体立刻更加虚弱了。

"哎哟,哎哟,活不了几天了哟……"

李萌萌上楼走到爷爷床边,一把搂住爷爷,撒娇似的求爷爷赶快起来吃饭,别想着去西藏了,然后把爸爸讲的故事简短复述了一遍。

老爷子一听,翻身爬了起来:"你老爸给你灌输的啥?他会讲故事,难道爷爷就不会?萌萌,你听爷爷给你讲一个故事,你会对西藏有更深层次的理解,会对我们这些人有更深层次的理解!"

他叫益西,一个帅气的西藏日喀则小伙子。他个子高高的,五官棱角分明,因为长年累月地风吹日晒,他的皮肤格外黝黑,这也让他一口整齐的牙齿显得格外的白,一笑起来,身上就透出一股让人觉得舒服的淳朴感和亲切感。

他进道班晚,是李福海道班工友里年龄相对较小的一个。刚进道班的时候,益西不会写字认字,也不会说汉语,关于养路工作他也一概不会。但是他有个聪明的脑袋和好学上进的心,他还肯吃苦,所以学什么都快,道路维护、修涵洞什么的不多久就都掌握了。益西嘴巴还甜,捡到半张报纸,就会找年长的工友请教,"班长,这个字怎么读?""福海哥,这段话讲的什么意思,能不能帮我读一遍?"

道班里来了这么一个小孩,大家都喜欢他,也都喜欢教他。大家都说这小子是块好料子,以后一定会有出息的!

李福海带着益西一起在道班工作,从开始用最简单的工具挖土方、铺石子修三级路面,一直共事到上世纪八十年代初,听说西藏也要开始修柏油路了。

为什么是听说要修柏油马路?上世纪八十年代初,道班里派了几名工人去内地学习,这些人到各大城市跑了一圈,回来后就坚定地说西藏也要修柏油马路了。

去内地学习的名单里本来也是有益西的,但临出发前,他突然犯了晕厥的老毛病,没办法,身体检查没过关,最后遗憾地没有去成。

益西犯晕厥这个毛病,也不知道是不是太阳给晒的。

那时候大家都年轻，也不太看重防护。道班领导说的时候把道班帽子一戴，领导看不到的时候，就嫌戴着帽子干活儿碍事，便把帽子一摘。益西从三十多岁的时候开始，晒多了太阳就会犯晕，还脱发，这时候他才开始注意不让头皮长期暴露在强烈的阳光和严寒中。不光益西，李福海其实也出现了脱发的问题，只是每天忙碌着，没谁真当个事儿。

益西当然羡慕去内地参观的那些人，那些同事回来后，激动地向工友们述说北京的公路有多宽阔、上海的公路有多平整，听得益西一愣一愣的，眼珠子都亮了。

要是自己家乡也能有那么平整的公路，公路上的汽车不颠簸，嗖的一下就开过去了，那该多好啊！

益西去问班长，也问李福海，得到的答案都是那一天不远了，西藏一定也会建设出平整的柏油马路，汽车在上面嗖的一下就跑过去了，开得可快了！

益西说，等修柏油马路的时候，他要报名参加学习专业的技能，要是自己也能参与修出一段路来才叫过瘾！

还没等到那一天，益西的头发越脱越厉害，头晕的频率也越来越高。上面下来检查的工段长好说歹说把他安排到了县里医院检查，结果一进医院不久，就把人转到了市里。

李福海和工友特地一起去市里看过益西，他在医院里，头上已经寸草不生，脸上倒是白了，白得瘆人！

原来益西长期从事重劳动，又受高原环境影响，他一个高原上的汉子居然同时患上了心脏肥大、血色素高、关节炎等高原病。而且他这心脏肥大，已经严重影响到了脑部供血，所以才频繁造成头晕目眩。

没有办法，益西不能继续在养路一线奋斗了。他离开道班的时候，他弟弟格桑陪着一块来收拾行李。其实也没啥东西可收拾的，就一些锅碗瓢盆和被子。益西说那些东西他也舍不得丢啊，抱着被子就像个孩子一样哇哇哭了。其实大家心里都知道，他舍不得的是这个道班。

班长就逗他，多大的人了，还哭呢，是不是啥东西不见了？他说是丢了啊，丢了机会了，他出不上力修像上海那样的柏油马路了。他眼泪鼻涕地在袖子上一抹，惹得大家笑了，笑过之后，不少人又红了眼眶。

益西走后，李福海亲眼看着数十年岁月里，他所在道班负责的路面，经过多次改建修缮，驻地部队和地方政府投入了大量的人力、物力和财力，终于迎来了要给马路铺设柏油的那一天。

那个时候的李福海已经调到了交通局，他特地赶回曾经奋斗过的工段，要见证历史性的时刻到来。

那是一个阳光明媚的早晨，道路两旁围满了附近的老百姓。一辆辆施工车辆已经就位，工人们穿着鲜艳的工作服，戴着安全帽，整齐地站在车辆前。他们精神抖擞，满面春风，因为他们知道，今天将由他们来改写这条天路的历史。

随着一声哨响，施工开始了。工人们开始挖掘路面，将原有的泥土和碎石清理干净。接着，他们将挖掘出的土方运到一旁，为铺设柏油马路做好准备。在挖掘过程中，旁边的藏族老乡们，有的提来了酥油茶，有的送来了风干牛肉，有的送来了熟鸡蛋。工人们被淳朴的老百姓簇拥着，享受着英雄般的待遇。

怀着感动，工人们将沥青混合料倾倒在路面上，然后用压路机压实。随着压路机的轰鸣声，沥青混合料逐渐变得平整、光滑。

太神奇了！太神速了！两旁围观的人们不禁鼓起了掌。李福海也不知不觉地跟着鼓起了掌。

在铺设过程中，工人们不时地停下来检查路面的平整度和厚度，确保柏油马路的质量达到标准。他们还用尺子测量路面的宽度，确保每一段马路都能满足交通需求。

当一段柏油马路顺利铺设完成后，大家都沸腾了，唱起了歌儿，跳起了舞。

是谁帮咱们修公路呃
是谁帮咱们架桥梁呃

是亲人解放军是救星共产党

……

我们的生活变了样呃

我们幸福永无疆

……

柏油路面彻底干需要一个过程。一天后,人们便纷纷走上新铺好的马路,感受着脚下的平坦和舒适。孩子们在马路上奔跑嬉戏,老人们则在路边的长椅上坐下来休息,欣赏着有生之年出现在眼前的这不可思议的一幕。

曾经,要进西藏,难度是多么大啊!千山万岭,沟壑纵横!千百年来只能由骡马、牦牛等驮着物资,冒着生命危险,慢慢跋涉在古道。今天,天堑上竟真的有了一条小汽车、大货车同行的宽阔坦途!

李福海看着柏油路面,他知道随着时间的推移,柏油马路除了给沿途百姓带来交通便利的同时,也会带来丰富的物资、对外面世界的见识。并且这样的路面还会如花朵般盛开,蔓延到西藏的每个村落,只是李福海不知道自己能不能见证那一天的到来,就像曾经的工友们,并不是每一个人都能见证柏油马路在西藏成为现实一样。

柏油马路修通后,益西也来到了这里。那是多年以后,李福海偶然遇到了益西的弟弟格桑,才从格桑口中知道了益西要摸一摸柏油马路的事。

益西在离开道班后,身体就一直不见好转,最后竟到了卧床不起的地步。人一卧床,各项机能就都开始退化,他的双腿不能走路了,视力也下降到了看不清东西的地步。益西每天昏昏沉沉的,安安静静的,仿佛知道自己时日不多,已经坦然接受,在等待那一天的来临。

可是弟弟格桑带来了要修柏油马路的消息!就在他曾经挥洒过青春的地方!啊,他熟悉的路面终于要铺柏油了!那一刻他一下来了精神,挣扎着爬了起来。他恳求弟弟,把他背到他曾经奋战过的路上,他要坐在柏油马路上,摸一摸柏油马路是怎么样的感觉。

弟弟怎么能不实现哥哥的愿望呢?格桑听益西念叨柏油马路早就千百遍,他太知道哥哥对公路的感情了!

格桑终于把益西背到他以前道班所在的柏油路面上。益西全身都在颤抖,当他坐在光滑的路面上时,竟像个小孩一样地笑出了声。他边摸路面,边激动地说:"感谢党中央,我们现在的路多么结实啊!"

益西走得很安详,就在他摸到柏油马路后不久。因为基础病累积、身体太过虚弱,他不得不告别这个世间。但是弟弟格桑说,作为家人,他感觉到了哥哥的幸福,感觉到了哥哥的无憾。

益西的故事到这里讲完,此刻,李远昌和李远桂也

上了楼，爷爷看着床前的三人，郑重地说："我就是另一个益西啊，这堆信的主人，也是另一个益西啊！我已经托人在和他联系，我们从这边开车过去，相信他们接到信息后，就会开车过来和我们会合！这就无憾了！"

李远昌和李远桂对视了一眼，他们知道老爷子这是铁了心，拦是拦不住了。李远桂把老爷子扶起来要喂饭，李远昌已经在心里盘算起了进藏要准备的东西和注意事项。

李福海此刻一看大家的态度，心里有了底，一翻身坐了起来，克制地从女儿手里抢过碗筷，一边嘀咕着饿坏了，一边往嘴里大口扒拉了起来。

李萌萌看着爷爷的样子，忍住笑，好奇地问："那这个收信人是谁呢？"

"想知道答案？怎么样，这趟不会耽搁多少时间，要不要和爷爷一起去看看这位收信人，自己找答案？"李福海冲孙女眨了一下眼睛，狡黠地一笑。

7 "鸡毛信"特派员

天空多么辽阔,云朵就在眼前翻滚,李远昌一边听着音乐,一边看着好似棉花糖般飘浮着的白云,时而融为一体,时而各为东西。他的脑子里一直想着怎么照顾好车上的一老一小。姐姐李远桂因为心脏的原因,没办法一同进藏,临出门前,她可是千叮咛万嘱咐。小的应该是没问题的,她反正最近又厌学。李远昌其实和孩子妈妈商量好了,和老师私下也沟通过了,出去几天散散心,找到突然厌学的症结,对症下药开解开解,好过坐在教室里发呆。可这老的得格外注意了。反正车上是氧气罐、各种药品,以及轮椅啥的都带着了,路上开车再悠着点儿,走一步是一步吧,还能怎么着?

突然,一串急促的汽笛声,把李远昌的思绪拉回了现实。一辆大卡车呼啸而过,"当真路好了嗦!开这么快!"李远昌习惯性地皱了皱眉,两道粗眉之间的沟壑更深了。

国道318线路况很好，李远昌军绿色的越野车没有颠簸，但他只开到了80迈，时不时还要看看副驾上的老爷子脸色怎么样。

李福海也很配合地随时汇报自己的身体情况，为了表明自己没有问题，一会儿就和后排坐的李萌萌说说话。

"萌萌，你知道318国道吗？"

"318国道从上海黄浦区人民广场到西藏日喀则聂拉木县中尼友谊桥，全长5400多千米，途径上海、江苏、浙江、安徽、湖北、重庆、四川、西藏八个省级行政区……"李萌萌拿着手机，继续念她搜索来的结果："国道318川藏公路段被称为中国人的景观大道，近年来，越来越多的游客喜欢在这条国道上行驶，并领略沿途的旖旎风光……"

"那你知道川藏线，也就是318线的雏形，是什么时候修通的吗？"

"1954年。"李萌萌对答如流。

"是啊，那个时候，十万军民啊，一不怕苦、二不怕死、顽强拼搏、甘当路石，没有这种精神，怎么能通车呢？怎么能创造世界公路史的奇迹呢？刚刚建成那会儿，你看这路，那时候还只是一条最简单的土路。到我做道班工人的时候，又开始修整。当时的工具少得可怜，大点的家伙就是架子车，还有挑的那种担子。那时候道班的生活也艰苦，男女老少都是住在一个院子里。我从一个道班工人到工段长，三十多年啊。现在修路可是不一样了。我在电视上看到的那些修路、架桥还有挖隧道，那了不得。好比这川藏线铁路吧，它穿越多条断裂带，需要建设多条隧道。这些隧道的施工难度大，需要解决复杂的地质问题和隧道施工技术难题。还需要跨越多个峡谷和河流，需要建设多座桥梁。这些桥梁的建设同样需要解决复杂的地质问题和桥梁施工技术难题。川藏线铁路穿越多个自然保护区，需要尽可能减少对环境的影响。因此，需要采取一系列环保措施，保护当地的生态环境。为了解决这些技术难题，政府投入了大量的人力和物力，采用了先进的技术和设备，并加强了环境保护措施。同时，也得到了广大人民群众的大力支持和积极参与。"李福海自顾自说着，转头看李萌萌抱着铝盒发呆，便换了话题："对了，萌萌啊，你现在可是信件特派员，还是三根鸡毛的鸡毛信特派员，那一叠信可要抱好啦。"

"粘了三根鸡毛的鸡毛信那可是极度紧急的意思。爷爷，这堆信上又没真粘了鸡毛。"

"心里有就有嘛。"

"爷爷，那这堆信，不光粘了三根鸡毛。我看你心里那只鸡，已经光溜溜的了，毛全被你拔了粘上去了吧？"

爷爷一听哈哈笑了。从开始驱车进藏，他的心情像头顶的骄阳一样，灿烂得很。

说到信，李萌萌把抱在怀里的信件盒子又打开来，拿出了那封之前未读完的信，把后面部分浏览了一遍。

……

菜头，你说解放全中国安不安逸？当然安逸啊！都会有自己的土地，都会当自己的家，做自己的主，晓得不？就是你以后有自己的田，种瓜得瓜，种豆得豆，那些瓜瓜豆豆都是双手换来的，不用到处借田，看人家脸色了。

所以你就晓得为啥那么多人情绪高涨，没有开小差的，没有说白话的，都要打过长江去，几个浪头怕啥呢？

就是这样子一群人，过了长江到处跑了一圈，才跑到乐山来的。不是这个样子，我也就看不到人家文艺兵演出的《赤野河》《白毛女》这些话剧了。

当你看到这封信的时候，我已经穿上军装，要跟他们去西藏了。西藏在哪里，我也不晓得。有的人说西藏荒凉，不毛之地，在天边。我不怕，我不想错过解放大陆最后一片土地的机会。我们到西藏去不是当官的，不是拿大钱的，是解放在水深火热中的受苦受难的藏族同胞的。这些都是首长说的，他还说西藏是封建农奴社会，老百姓巴掌大的土地都没有，苦得很！

出发前，我给你写下了这封信，也不晓得你收到没有。

再见了,菜头。我要是能活着回来,一定带你去看庙会。

              泡豇豆

      1950年3月2日于乐山

  "爷爷,菜头和泡豇豆是两个人的绰号,是吗?这是泡豇豆参军前写给菜头的告别信?那个时候咋参军的呢?"读完信,李萌萌的好奇心就又上来了。

  孙女对信件内容感兴趣,这正是李福海想要看到的,他嘿嘿一笑,对李萌萌说:"这个啊,让爷爷大胆猜一猜,还原一下泡豇豆是怎么参军的……"

"泡豇豆"参军

上世纪五十年代是一个充满激情和理想的年代。当时的人们渴望为新中国的发展和繁荣贡献自己的力量。许多年轻人选择参军或者加入建设祖国的大军中。受时代影响,想为祖国冲锋陷阵,成了年少的"泡豇豆"最大的梦想。

"泡豇豆"参军的时候,大概16岁左右,刚刚高小毕业。五十年代的小学分为初小和中小,高小就是读完中小毕业的学生。

那是1950年的初春。他不知道该怎么给做了大半辈子佃户的父母解释,从地里拔了一背篓圆根萝卜,说去集市卖菜,就火急火燎地往县城跑。

解放军在县城里集结,他已经偷偷去看过一次了,回家后就激动得寝食难安,计划好了还要再去瞧瞧,长长见识。

这一天正好是县城赶集的日子。但这一天天气不太好,三月的四川盆地总是春雨料峭。"泡豇豆"深一脚浅一脚地走在泥泞的田坎上,根本不在乎一背篓圆根萝卜借着两根背篓绳子的力道,勒得肩膀生疼。

今天的脚程比平日里快得多,刚走进县城,本来阴雨的天,突然放了晴。"泡豇豆"的心扑通扑通地跳得欢,他认定这一定是一个好兆头。

可真热闹啊!岷江之畔,乐山城北的牛心桥广场,乐鼓声声,彩旗飞舞。

腰鼓队、秧歌队、军乐队还有欢送进藏部队的群众把广场围得水泄不通。背着背篓的"泡豇豆"好不容易挤进热闹的广场中心,一打听,今天是中国人民解放军第十八军在这里召开进军大西南庆功暨进军西藏誓师大会呢!

只见操场上一个很简朴的主席台,上面拉了一条红色的横幅,横幅上写了八个大字:"进军西藏动员大会。"一位穿着朴素看起来像首长的人在台前慷慨激昂地发言:"同志们,党中央毛主席把进军西藏这个光荣任务交给我们十八军,这是我们军的光荣!是对我们军的极大的信任!同志们,我们要发扬吃大苦、耐大劳的精神,坚决响应毛主席党中央的号召,胜利完成进军西藏的任务!"台下哗啦啦响起了掌声,懵懵懂懂的"泡豇豆"也受氛围和情绪影响,跟着鼓起了掌。有的战士激动得站了起来,振臂呼喊:解放西藏!接着,加入呼喊的人越来越多,声音也越来越响亮,会场气氛持续高涨。

之后战士们庄重地宣读了进军西藏的誓词:"我们光荣地受领了解放西藏、建设西藏,把帝国主义势力驱逐出西藏,保卫祖国边防,保卫世界持久和平的伟大任务。我们坚定顽强、奋勇前进、战胜困难,保证完成任务!"

"泡豇豆"看到现场就有同志开始写决心书,向组织上表决心,要求进藏,他自己的热血也在翻滚。

参军后,他才知道,这场热火朝天的誓师大会结束后,各个师、团、营、连又逐级层层组织了请缨大会。还有人写过血书。总之当时大家的情绪高得很,纷纷表示革命军人一切行动听指挥,要组织把最困难的任务交给自己。

看着那么多人在表决心,"泡豇豆"觉得这个"宣誓"就是不能当孬种,说一套干一套那不行。他自己就不想当孬种。圆根萝卜也不卖了,"泡豇豆"背着背篓挤过闹哄哄的人群,找到部队招募新兵的报名点,激动地举起一只胳膊高喊:"我要参军!解放西藏!"

负责招兵的解放军上下打量着这个满脸通红还透着一股孩子气的大男孩,笑了:"去西藏怕不怕?"

"泡豇豆"斩钉截铁地回答:"怕什么怕!首长不是说了,要去解救水深火热中的藏族同胞兄弟!"

招兵的解放军看着他乳臭未干的样子却把话说得掷地有声，哈哈笑了，问："好小子，你有啥特长？"

"我，我读过书！我会认字！"

招兵的解放军一听，眼睛里的笑意更浓了，拿过一本书递了过来："小同志，很好哇！来，念念这个！"

那是一本已经翻旧的小本本。"泡豇豆"接过本本，轻轻打开，里面是工整的手抄字体，他快速浏览了一下，大声念了出来："我们的共产党和共产党所领导的八路军、新四军，是革命的队伍。我们这个队伍完全是为着解放人民的，是彻底地为人民的利益工作的……"

招兵的解放军拍了拍"泡豇豆"肩膀，接过他手里的小本本。"泡豇豆"心想，这应该是成了。谁知，招兵的解放军又问："知道这是谁写的吗？"

"泡豇豆"一下慌了，只能老实地摇了摇头。

"这是毛主席写的《为人民服务》。"招兵的解放军哈哈笑了。

"泡豇豆"也跟着嘿嘿笑了，挠了挠后脑勺："毛主席写的呀！"

招兵的解放军看着"泡豇豆"，再次拍了拍他的肩膀，转头对身后拿着笔做记录的一名解放军点点头说："把这个秀才兵，编到咱们班里去！"

听到被叫作"秀才兵"，"泡豇豆"激动得都想跳起来了。在解放军同志的带领下,他当天下午就领了军服、军帽还有黑底胶鞋。

回到家,他才和家里袒露了心声,这也就意味着要与家人告别。

父亲是支持的,母亲很舍不得,连夜煮了家里能拿得出的两个鸡蛋,要自己的儿子带在身边。

也就是那天夜晚,"泡豇豆"给"菜头"写下了这封告别信,由此开始一路给"菜头"写信讲述自己的心路历程。

部队即刻就要出发了。一家人来送"泡豇豆"的时候,父亲默不作声,母亲已经红了眼,只有年幼的弟弟还不懂什么是离别,眼睛一直盯着哥哥的包裹看。哥哥二话没说,从怀里掏出了弟弟馋了好久的鸡蛋。

酸奶的味道

菜头：

誓师大会后，我和我的战友坐汽车到了雅安。这是我第一回坐汽车。你是不是很羡慕我？我还以为要一直坐汽车到西藏，这么安逸呢，结果到了雅安就下来步行了。吃的要自己背，部队说了，到了甘孜是没有人管饭的，少数民族地区经济本来就不好，我们进藏，不能吃地方，所以粮食要自己背。年轻人要走路，还背那么重的东西，从雅安走到甘孜，我的布鞋底就穿了，这个时候我才晓得誓师大会的重要性。没有一点决心，还真的受不了这个罪，吃不了这个苦。到甘孜以后，我们背的粮食就吃得差不多了。你想，就我背的那么一点，一天就要吃一斤多。这下没有饭吃了。公路又不通，后面物资运不上来，跟不上啊，要断炊了啊！

在甘孜，我们第一次和藏族老乡有了接触。我和你说，和他们接触后，我逐渐发现藏族同胞的可爱，我真的要夸一下他们。

我们大部分人是不懂藏语的,我们是边走边学,还没学成个样子,所以很难跟他们交流。有一次,我们住进一家老乡的房子里,这家老乡有一位很和善的藏族老妈妈。这位老妈妈人有多好,她知道我们很讲卫生,她给我们弄的茶水,那个碗,擦得干干净净的,生怕我们不习惯。那么大年龄的老妈妈啊,我真的很感动。早上,我们还没起床呢,人家把我们洗脸盆里的热水都准备好了。我们下了工以后,老妈妈笑容满面地迎接我们,那个亲切啊,人家赶紧给我们倒开水,那个感动啊。虽然语言不通,但这种心情,真的是给了我深切的体会。

所以,我们生活中也要学会以心交心。你说是不是?
……

泡豇豆

1950年5月28日于甘孜

甘孜海拔在3700米左右,听其他战士说,甘孜这个地方,过去红军曾从这里经过,所以甘孜老百姓对于工农红军有一定的了解,自然对解放军也比较热情。

随部队到达甘孜后,"泡豇豆"明显感觉有些喘不上气来。不光如此,随着海拔增高,连吃饭也成了一个大问题。

部队进藏带的大米随部队一路转运,由于储存条件太差,导致煮出来的米饭慢慢就变了味。到了甘孜以后,随着海拔变高,大气压力变低,水的沸点也随之降低,80多度水就开始沸腾冒泡了。一个连队一口行军锅,把米倒进水里,用灌木丛枝丫去烧,水咕噜咕噜开了,饭看起来煮好了,吃到嘴里却是半生的。

"泡豇豆"吃不惯夹生饭,但更让他难以下咽的是下饭的"老三样":腊肉、海带和花生米。这三种东西听起来都是好东西,腊肉不好吗?海带不好吗?花生米更是没的说了。可是,那个腊肉早已发黄,花生米也不在新鲜,变质的腊肉加上变质的花生,再加上海带一煮,"泡豇豆"就没吃过那么难吃的食物。

第一次吃老三样,"泡豇豆"才吃一口就吐了,为此还受了班长付永志的批评:还没有吃树根啃草皮呢!这就吃不下了,还怎么前进,怎么解放西藏?

"泡豇豆"非常惭愧,每到吃饭的时候,就尽量不去闻气味,闭着眼睛大口扒拉进嘴里,随便嚼两下,就赶紧囫囵吞下去。也正是这个原因,"泡豇豆"的胃后来就老是出毛病,而且一看到花生米就反胃。

进西藏,让"泡豇豆"最难以忘记的,除了修路暂住的老妈妈家,就是第一次吃到酸奶的人家了。

那是"泡豇豆"受命下乡去看望一户之前战友们帮

忙救助过的藏族兄弟。那天下午，他一路策马奔腾，到了藏族兄弟家门口。"泡豇豆"下了马，因为好几天都没吃什么东西了，一下马，他感觉天旋地转，眼前一黑，倒了下去。他心想，这是要牺牲在这里了吗？

好在出来迎接他的藏族兄弟，赶紧扶住了脸色苍白的"泡豇豆"，藏族兄弟的妻子送来一桶食物。

啊，这是"泡豇豆"第一次喝到这么好喝的食物。那个东西，又是奶香，又是酵母香，还带着甜甜的味道。后来，"泡豇豆"才知道那就是酸奶。那是"泡豇豆"人生中第一次喝到酸奶，美味一进肚，他感觉呼吸也顺畅多了，手脚也有了一点力气。他不禁感叹，这样的好东西，老乡无私地拿出来，才救下了他的小命。

老乡夫妻把"泡豇豆"扶进帐篷里。他们把新鲜的酥油在铜锅里煮熟，把现杀的牛肉切成片，下到铜锅里面捞出来给"泡豇豆"吃。那叫一个嫩啊！"泡豇豆"还吃了酥油糌粑，刚放进嘴里还不习惯，但多吃几口就全适应了，身上也有了力气。

他在老乡家，第一次看到了酥油是怎样做出来的。只见老乡把牛奶、羊奶，装在一个羊皮里面，用手晃啊晃，让脂肪和水分离，分离出来以后，漂浮在上面的油被捧到一口小锅里，然后把它挤压一会儿，装到一个牛皮袋里面，就是酥油了。老乡用不太熟练的汉语再加手势比画着告诉"泡豇豆",不要小看剩下的沉淀物,这些奶渣对于老百姓来说,也是美食的上佳原材料呢。

"泡豇豆"也边说边比画着,给老乡做宣传。他把我党的政策和主张,以及为什么要进军西藏,这些道理都讲给老乡听。其实语言沟通很不畅,但是老乡好像懂了"泡豇豆"说的话,他知道"泡豇豆"讲的是大家是兄弟,民族要团结。

临走的时候,"泡豇豆"都觉得舍不得离开这对善良的藏族夫妻。他悄悄地把身上的钱放在了酥油碗的下面压好,才起身和这对夫妻告别。

他们把"泡豇豆"送出了帐篷。当"泡豇豆"骑着马跑了好远时,突然听到身后的老乡夫妻大声喊他:"金珠玛米!金珠玛米!金珠玛米亚古都!"

"泡豇豆"调转马头,看着夕阳中的老乡夫妻,用力地挥了挥手。他不知道他们说了什么,但他完全能感觉出他们语调中的感情,那是亲兄弟啊。

10 背着公路进藏

菜头：

到了甘孜，也不知道为什么，我就一直头疼，晚上也睡不好觉。这样的情况下，我每天都觉得手脚没有力气。不光我是这样，我发现和我情况差不多的人，还是不少。没办法，连队不得不停了下来，做休整。休整可不是没有事做。连队利用这个时间不光教我们藏语，还给我们分析我们面临的情况，做政策培训。

我们部队带的食物已经被吃得差不多了。越往西走，越需要后勤补给。但是越往西进，高山大川阻隔，交通极其不便，后方物资补给因路况差、路不通等原因，根本跟不上来。

这时候，中央又下达了"进军西藏，不吃地方""尊重民族习惯、尊重宗教信仰"等进藏军纪。

不能"吃地方"，后备物资又进不来，那该怎么办呢？

党中央和毛主席告诉我们：解放西藏不仅仅是艰难

地走进西藏,还要背着一条公路进藏,否则进到西藏也没有办法生存!进藏部队一定要分出一部分人,背着公路进藏!

这是多大的决定和魄力啊!

……

泡豇豆
1950年6月1日于甘孜

党中央向西藏进军时,提出了"一面进军,一面建设"的方针,那时候就决定了要向西藏修筑公路。

"泡豇豆"所在的部队到了甘孜,也加入到了修路的大军中。说是修公路,当时对公路工程的要求很低,只要能通车就行。比后来的三级路面的工程要求还低。所谓三级路面,就是石灰、黏土加石子,压平以后就可以通车;二级路面用到了水泥;一级路面用到了沥青,也就是后来人们常叫的柏油马路。

"泡豇豆"他们班没人懂修路,都是服从指挥,连队安排干什么,就干什么。

一开始修路,他们就是砸石头子。石头子必须要有棱角,不能大,也不能小,有规定的尺寸。连队给各个班分发了一个个稻草圈,那就是统一的尺寸。他们每天就拿着稻草圈,圈住一块石头,然后拿铁锤,一下一下地砸。砸成稻草圈的大小,就是合格了。

"泡豇豆"虽然在家里也常干农活儿,手也灵巧,但是刚开始砸石头的时候,总控制不好。力道大了,砸不好就砸崩了;砸轻了,又砸不动。有时候用手去扶石头,砸着自己也成了家常便饭。

砸好石头之后,各个班就堆成一方一方的,等指导员验收。因为每个班都能看到自己的成果,大家干劲也就更大了。最后还搞起了砸石头比赛。比赛就有输有赢,有时候是胜利的一方唱歌,有时候是落后的一方唱歌,场面热闹极了。

不仅砸石头的时候搞比赛,抬石头的时候,大家也搞比赛。

"泡豇豆"所在连队的指导员是一个山东大汉,他说:"泡豇豆,你不是知识分子吗,你看你16岁,肩膀这么窄,人又瘦又小,也就识几个字,但是你劳动不一定行。"

被这话这么一激,"泡豇豆"立马急了,说:"来,看看谁抬不动!"

"泡豇豆"年轻气盛,就跟指导员一起抬,肩膀抬肿了,也不叫苦;肩膀磨出了血,也不吭气。肩膀出血以后结了一层痂,结痂以后就成了一件铠甲,有这层橡皮一样的铠甲"保护"就不知道疼了,抬东西更厉害了。

"泡豇豆"也是后来才知道,指导员那样做既是锻炼他,也是照顾他,抬的时候指导员总是悄悄把筐子往自己跟前挪几分,这事他还不让大家告诉"泡豇豆"。

经过一段时间的锻炼,"泡豇豆"就学会了一个人挑担子。但他只会用右肩膀去挑,换一边就不会走路了。时间一长,他的右肩就从浮肿、磨破、结痂到穿上了半边"铠甲"。"泡豇豆"亲身地感受到担子的重量。挑担子的战士们,挑担的频率都很高,每天都是跑来跑去的。因为大家都知道及时打通公路的重要性和紧迫性。如果没有这条公路,国防的安全巩固都是不可想象的。所以大家都非常重视,都是抢着在做,尽自己最大的努力去劳动,每人的肩头都长出一个"铠甲"来。

挑来的石头铺在路上后,战士们会拉着一个大碾子,把路面压平。"泡豇豆"年龄小,力气也不够,他最想的就是去拉碾子。可他也知道自己帮不上忙。休息的时候,他自个倒是去试了试,嗐呀,那碾子居然纹丝不动。

就这样,战士们靠着自己的双手将一条生死攸关的公路一点一点地修了起来。逢山开路,遇水搭桥。遇到需要架桥的时候,他们不光没什么架桥工具和手段,连架桥原材料都是问题。桥面还能用木头、铁丝、绳子等解决,可是哪里去找既能不被水流冲走,还能支撑住桥面重量的桥墩呢?

这个问题还真被解决了。也不知道是哪个战友先想到的，用铁丝扎出一个个大铁笼子，往里头放大石头，大石头挤压牢固，就成了一个大石头墩子，大石头墩子沉在河底，那就是桥墩了。

就这样，路一段一段地打通，桥一座座地架起。大卡车载着物资就慢慢过来了。可是路面修得并不牢靠，遇到泥石流，大卡车便无法通过了。这个时候，最古老的人背马驮运输方式又派上了用场。当然，主要还是靠战士们用肩膀驮。附近有人家的时候，老乡也会赶着牦牛来帮忙。

11 炸石伤战友

菜头：

修路确实很辛苦。但是我们劳动时候的气氛非常积极向上。任何时候，都要乐观，要快乐。我们常常说说笑话呀，疲劳就要好些了。我发现积极乐观和幽默风趣是可以消除疲劳的一剂良药。

部队也有文工队，但人手不多，不是每个连每个班都能照顾到的。没有文工队的鼓劲也不怕，我们就自己鼓劲，自娱自乐。我们娱乐的方式方法还不少呢。这样下来，大家劳动虽然很累，但心里感受是不一样的，心情还是比较舒畅。而且大家相互之间还都很关心，经常有人嘘寒问暖的，遇到一点什么不好办的事情，有时也是一个集体一起想办法。大家心往一处去，劲往一处使，才克服了外界艰苦的环境和修路中遇到的各种困难。

修路的困难有好多，那是每天都有，各种各样，层出不穷。就好比我们稻草圈用得差不多的时候，我们就找柳条。柳条也没有了呢，我们就挖草根。草根总归还是能挖到的。柳条是最好用的，脑袋这么大的石头，用柳条编的圆圈放石头上，柳条不会跑，方便拿榔头一点儿一点儿地砸。砸好了，就撒到路上去，然后用大碾子去压。

这些都是面对不算大的石头的处理办法。你没有见过小山一样的石头吧？那个才是真的拦路虎啊……

泡豇豆

1950 年 8 月 10 日于甘孜机场

修路都是手工作业，都是体力活儿。天刚亮，指战员们就得起来出工，晚上天黑到快看不清了才会各自收拾劳动工具，下工吃饭。这样的一天下来，大家都很疲劳，野菜糊糊稀里糊涂一喝，收拾下就赶紧去睡觉。一个大帐篷里，有人躺下叫唤几声腰酸背疼，而更多的战士一躺下，就呼呼睡着了。特别是有的小战士，一到休息时间，倒头就能睡。"泡豇豆"进藏后刚开始还因气候不适应而失眠，自从修路开始高强度的劳动后，就转到了争分夺秒睡觉的状态。

每天吃饭的时间，也是休息的时间。筑路部队的规定是十五分钟。但通常"泡豇豆"只需要几分钟就能把饭吃完，然后用剩余的几分钟时间，躺在地上眯一会儿。

因为劳累,晚上睡觉的时候,他也睡得格外沉。一天晚上,"泡豇豆"在帐篷里呼呼大睡,谁知道外面竟下起了大雨。搭帐篷的时候,外面挖了一条排水沟,又用挖排水沟的泥土压住帐篷的四边。这晚的雨格外大,快速累积起来的雨水灌满了帐篷边的排水沟,淹进了帐篷里。

浸进帐篷里的雨水像一条湿滑的水蛇一样,游向"泡豇豆",游到了他的脑袋边,把他的头发都舔得湿漉漉的了,而他还在做着美梦。

"泡豇豆,搞快起来,搞快起来!再不起来,大水都要把你冲跑了!"李桂年的四川口音很重。

"泡豇豆"被几个人三摇两摇地摇醒了,他睁开眼睛,看到自己抱着的正是李桂年的胳膊,而他睡的地方已经被雨水侵占了。

"泡豇豆,香不香?你是有好想吃肉?我该把脚板给你,脚板更香哈。"李桂年把胳膊从"泡豇豆"手里抽出来,看着两排清晰的牙印子,打趣地说。

"我的鸡腿!""泡豇豆"起身跟着大家一起收拾帐篷,边收拾边想起了梦里没尝到味道的鸡腿。

"泡豇豆"馋肉吃的事情,很快传遍了连队,成为时事新闻和新鲜笑话。这帮助大家在修路的时候又有了一点新的谈资。李桂年在打石头的时候,看到一块鸡腿形状的石头就会送去给"泡豇豆",然后等着"泡豇豆"怒气冲冲地跟着他追,要把那"鸡腿"塞进他的嘴里。

这样的事闹个两三天就过去了。更多人还是勤勤恳恳、闷不吭声地打石头。

小的石块打到符合标准就可以,算比较好打,要是遇到大点的石头,还得另想办法。有一天大家就遇到了一块大石头,战友们一个个地爬上巨石看了又看,都犯了难。

还是来自四川的李桂年想起了太守李冰建造都江堰开山时采用古蜀遗传下来的烧石法,向班长一汇报,说烧石法就是用火烧石几天,然后把冰凉的江水引进来,利用热胀冷缩的原理,使石头自己爆裂碎开。

大家一听,感觉很有道理,就决定班里一起出动,试试古法的效果。大家兵分几路,有的人到四周找柴火,有的人在巨石下面挖放置柴火的坑,有的人准备取水的容器……

万事俱备,选了中午阳光最炙热的时候,大家在巨石四周架好柴火,一点,柴火噼里啪啦地燃烧起来,声音响得就像过年放的爆竹一样。场面一下热闹起来,战士们围在石块周边,不停添柴火,一边大汗淋漓,一边饶有兴致地有说有笑。

烧了几个小时,看着石块从冒青烟到了冒黄烟,大

家感觉烧得差不多了,烧柴的小队随即撤下,换早已提着水桶、端着大锅、抱着水壶的战友们接班了。他们将各种容器里装好的河水,一股脑儿泼向已烧得滚烫的巨石。

呲呲的声响,伴着石块上蒸腾的热气,大家屏住呼吸,眼睛齐刷刷地看向巨石,等待着奇迹的发生。可是水浇了十多分钟,巨石还是一点动静也没有。

李桂年围着石头转了一圈又一圈,只能给大家打手势,继续浇水。他擦着额前的汗,看着浇上去的水就像汗珠一样,在巨石上没流淌多少,就浸了下去,变得无影无踪,他就急了。

"水不够,加水!还得加水!"

没有人质疑,更多的人加入到了运水的队伍当中,一桶又一桶的水被泼了上去。

随着几声脆响,巨石就像洗了一个痛快的热水澡一样,舒服得身体一伸,果真就裂开了几道口子。大家开心得一下鼓起了掌,李桂年脸上的神情这才缓和了下来。他也担心这个办法不可行,让大家白忙活半天。

开了口子,这就好办了!大家纷纷拿着钢钎,也不顾还没消散的热气,围住巨石,哐当哐当就凿了起来。

"一二三,使劲干!"

"加油干!看看里面会不会蹦出来一只泼猴!"

大家从裂开的口子插下钢钎，随即用力，很快大石块就又被砸出了几道口子。见这样的办法有用，战士们拿着各自的武器，都借着口子使劲，巨石很快就被分解开来，变成了一块块大石头。大石头又变成小石头。一座石头山，就在热情高涨的战士们手中被夷为了平地。

"烧石法"取得了实际的效果后，这个办法随后在筑路部队中得到了推广，李桂年获得了记三等功一次的表彰，"泡豇豆"所在班也获得了连队的表扬。

但是，在柴火不充足也没有水源的地方，这个办法就不好用了。这时候，连队让大家学习的"炸石法"就派上了用场。

随着后备物资的跟进，筑路部队给各连队分派了炸药，让大家学习用炸药炸石头。

那是"泡豇豆"所在班第一次围观学习用炸药炸巨石。被分配过来的工兵，有着丰富的爆破经验。爆破工兵以一块悬崖边的大石头为例，给大家讲解炸药爆破巨石的方法和要点。工兵一再强调，最重要的是注意安全。修路的工程爆破，不比战争年代需要一击即中，一次爆破没有成功，还可以爆破第二次。而战士们的性命却只有一次。

在爆破开始的时候，大家听从指挥，赶紧往后退，找到安全的地方保障自身的安全。有胆小的趴在地上，捂住了耳朵。而胆大一点的,从掩体后面探出半个身子,想直观地看看爆破的场面。

李桂年就属于胆大那一类的,为了把爆破的技术拿下,他也不捂耳朵,从掩体后面探出了半个脑袋,想把整个过程看清楚。

爆炸的威力难以估计,石头被炸得四处飞溅。谁也没有料到,一块尖尖的石头蹿出爆炸形成的浓烟,飞镖一样飞出,猝不及防地砸在了李桂年的头上!

人的生命是那样脆弱,李桂年连哼一声都来不及,当场硬生生地倒了下去。

离他最近的班长付永志,第一个冲了过去,一把抱住了他倒下的身体。"泡豇豆"和战友们一起围过去的时候,他看到血液从李桂年的脑袋上汩汩地流出,鲜红的血液面纱般盖住了他整个脸庞。他的眼睛还睁得大大的,就像还想把爆破过程看清,不想错过一丝学习的细节一样。可他的眸子变得空洞无神,已经失去了生命的光彩。

这是"泡豇豆"第一次最直观地看到战友的离开。他和其他的战友被这突如其来的变故惊呆了,愣在原地,震惊和恐怖交织在脸上。

"他牺牲了!"班长用他宽大的手掌,抚摸过李桂年的眼睛,轻声地向大家宣布。

大家围着李桂年，默默地脱下军帽，向自己亲爱的战友行了一个沉重的军礼。

失去战友的痛苦和无法言喻的伤心深深地刺痛着"泡豇豆"以及每一个在场战士的心。他们永远铭记住了这个被石头砸中身亡的战友，他叫李桂年。而这一路牺牲的战士们，并不是每一个都能留下名字。可不妨碍他们作为曾经奉献在这里的一员，被后世追忆。

12 藏在被窝里的铁锤

菜头：

越是向西，大山就越多，石块也越大。这个时候，每个战士都需要掌握打钢钎的技能。

开始的时候，我们战士经验也不多。打钢钎不知道保护手，手上被撕掉皮的多得很。要挪大石头，也没有经验，就从山下掏洞，然后再挖。结果很危险啊！有一次遇到了山体突然坍塌，结果一整个班被埋在了里面。这是血的教训啊。

我们情绪一度很不好。但是很快，就有战士发明了山字型挖洞法。就是把这个山从上面一个洞一个洞挖下去，然后从山底下挖个槽，从上面用洋锹一挖一撬，一大块就下来了。

所以遇到困难不要怕，要想怎么解决它。

泡豇豆

1950年11月9日于玉龙

入冬以后，寒风呼呼地在光秃秃的山上刮着，"泡豇豆"裹了裹棉衣。风还是从领子和袖口里像刀子一样刺在身上，沙子也扑到了人的脸上，大家的嘴唇、手脚都开始裂口。战士们最需要的就是保护好双手了，天气寒冷加上高强度的劳作，指战员们的手，就像一块破布一样，密密麻麻地打满了补丁。在甘孜发的皮手套，几乎都已经磨破了，大家的手指尖和手掌心都露在外面，也舍不得扔掉手套。因为哪怕是残破的手套，不仅能部分遮挡护住手，还能用手套抵住工具，增大手上的摩擦力。

前方部队已经深入西藏腹地，后面补给车辆也随时待命，上面下了军令，要加快修路速度！但很多战士缺乏专业的修路知识和技术，只能以简单的"吃大苦、出大力、流大汗"的精神进行苦干蛮干。从早到晚，起早贪黑，还要面对零星地质崩塌，风吹雨淋，特殊气候条件等等问题，最后大家弄得全身伤病也没达到预期的工效。部队领导便提倡用智慧和技术征服摆在眼前的各种困难和障碍，提出了"体力与智力结合,体力与技术结合"，开展评工效、评技术、评劳动纪律和评团结、评卫生的"五评"竞赛，促进了战士们积极学科学、创新和改进施工技术热潮。

又有谁是想落后，想退缩的呢？"泡豇豆"和战友们伴着号子声、铁锤击打钢钎声、喘息声、风声，迎着前方的未知，在开始结冻的大地上缓缓前行。可因为冻土、岩石及大风大雪的恶劣环境，即使每天工作十几个小时，整个工程进度还是非常缓慢。

工欲善其事，必先利其器。为了提高作业效率，指战员们把打炮眼的钢钎换成了更粗的撬杠，铁锤也不断加磅。钢钎、铁锹、镐头磨钝了，就在工地上支起打铁铺子，现场打制锻造开山工具，并迅速投入施工。

钎钝了需要重新淬火，汉族战士还好，但是工地上的藏族战士，他们谁也不肯锻钢钎。因为藏族的旧风俗里认为制作铁器等于杀生，杀生的事情，他们是很回避的。

可是钎重新淬火，是谁有空，就谁来淬。甚至是谁的钢钎谁来淬，这是最节约时间也是最能保护好工具的办法。

从附近过来帮忙修路的老乡尼玛，就总是不肯锻钢钎，他的理由是："打铁的人心肠狠，心要变黑，连骨头也要变成黑的，是下等人。"

班长付永志听后，笑着说："你们在修路工地上看到的，我们锻了那么多钢钎，有哪一个心肠狠，有哪一个人心变黑了呢？大家都是同志，又有哪一个是下等人呢？"

"班长不光嘴上语重心长地开导尼玛，只要尼玛的钢钎钝了，他就会主动接过尼玛的钢钎，当着尼玛的面，亲自重新淬火。

"我们的钢钎是用来修路，是做好事。杀不杀生，哪是一个工具的责任？我们都是同志，谁又是上等人，谁又是下等人呢？今天我做了铁匠，我就是下等人了吗？你就不把我当班长了吗？"

后来，尼玛也不好意思总是麻烦班长帮他的钢钎淬火，他就偷摸着没人看到的时候悄悄地淬。有几次被大家撞见了，大家也没当个事，都觉得是理所应当的。尼玛胆子也就慢慢大了起来，后面也学起锻钢钎来。他还喜欢说："尼玛的心肠好着呢！黑不黑尼玛自己清楚着呢！"

看着尼玛的转变，最高兴的应该就是班长了。他主动手把手地教尼玛学锻工技术，还把尼玛推荐给了连队，尼玛后来也做了技术组长。

战士们通常两个人一个小组，轮换着扶钢钎和抡铁锤。扶着钢钎的体力上要轻松一点，但要集中精力。铁锤打一下，钢钎转一下，打一下，转一下，打到一个能放炸药的深坑，就算完成任务。如果不集中精力，目标不准确，效率会变慢不说，手上受伤那是常有的事。抡铁锤则是最重的活，有时候是敲石头，有时候是凿炸药坑。抡一天铁锤下来，再强健的战士，体力也是到了用尽的边缘，而且，抡铁锤的战士，没有哪个虎口不是被震得裂开了的。

"泡豇豆"和东北大汉鄢晓波一个小组，鄢晓波知道班长的意思，就一直照顾着"泡豇豆"，基本都不让他抡铁锤。

抡不了铁锤，那就好好扶着钢钎，提高工程进度也是好样的。"泡豇豆"虽然心里这么想的，可每当他看到鄢晓波豆大的汗珠从脸上淌下来，再滴到地上时，心里就有说不出的滋味。

开始他总是想着办法把自己的口粮分一些给鄢小波。可鄢小波个子虽大，心却很细。他就像知道"泡豇豆"的用意，也就有各种对策让"泡豇豆"自己解决掉口粮。

越是这样，"泡豇豆"越是觉得对不住鄢小波，特别是一天，鄢小波的虎口又震开了，鲜血将铁锤杆子都染红了，"泡豇豆"怎么也坐不住了。怎么能让战友一直做着最累的活儿呢？自己怎么就不能帮忙分担呢？

这天下了工，"泡豇豆"悄悄把大铁锤藏了起来，晚上抱进了帐篷，搂在被窝里，踏踏实实睡了一觉。第二天，鄢小波找铁锤，"泡豇豆"抱着大铁锤不撒手，才有机会让鄢小波歇口气，养养手上的伤口。

轮到"泡豇豆"抡铁锤了，他显得格外兴奋。"让高山嗨低头哟！""泡豇豆"举着锤头，一边往下砸着，一边喊着。

"嗨哟！"鄢晓波握着钢钎回应着他，鼓励他。

"让河流嗨让步哟！"

"嗨哟！"

锤头一下下用力地砸下去，"泡豇豆"这才感觉到抡铁锤的不易，不仅每一下都要用尽全身的力气，呼吸都变得急促，虎口被震得发麻。才抡了小半天，"泡豇豆"的虎口就被震开了口子。但他不能说，也不能表现出痛苦。否则鄢小波能立马跳起来，抢过铁锤，自己担起重担。"泡豇豆"一想到鄢小波的手，就咬紧牙关，强忍着疼痛，不肯停下来。

结果交换了工作之后，鄢晓波也没能保护好自己。他握钢钎的手甚至更加惨不忍睹。因为天气太冷，也没有手套可戴了，鄢小波没有掌握好转动钢钎的技巧，钢钎和手上的肉皮居然粘连到了一起，拔掉的时候生生扯掉了一层皮。

这样的情况不是只发生在鄢晓波一个人身上，哪个战士手上没有伤呢？不过二十岁左右的他们，选择简单地用旧布包裹一下后，继续投入到了战斗中。在只能用铁锹、十字镐手工作业的情况下，将路一米一米地往前推进。

自然环境的恶劣，使战士们的身体越来越虚弱。"泡豇豆"就亲眼看见在过一条大河时，连长带领战士们砍来木材，把羊皮扯在钉好的木架上，做成简易的摆渡船，把马拴在舷架边，牵引着慢慢渡河。走到河心的时候，马儿踩滑了河底的石块儿，一个翻身便溺入河中。随着马儿拼命翻腾，木筏和筏上的几名战士因为没有吃饱饭，手上没有力气，被受惊的马儿拖着滚入了滔滔的江心。

这样的非战斗减员越来越多，大自然成了战士们最大的对手。

"即使是死，也要头朝拉萨。"这是战士们的铮铮誓言。

已经连续数天没有一顿饱饭可吃了。随军粮食眼看就快掏到布袋底了。战士们肚子饿得咕咕作响，挖野菜根本就难以维持每天的供给。饥饿和疲惫侵蚀着每个战士，他们的体力和精神都在极限边缘徘徊拉扯。有的战士脚下没有站稳倒了下去，便再也站不起来。不要倒下，成了战友们相互鼓励时说得最多的话。

饥饿让"泡豇豆"觉得身体都是轻飘飘的，还一有机会就把铁锤藏到被窝里，以便第二天能多投入一点力气，换鄂小波歇一口气。

可"泡豇豆"的个子实在是有点小，力气不够大。一天，他又抢着抡铁锤的时候，感觉手上的铁锤越来越重，他咬紧牙关坚持着，干裂的嘴唇因为缺氧而变成了酱紫色，被咬出了血的地方结成了黑色的血疤。还没抡几下铁锤，他脚下几次踉跄，差点没站稳，还好被鄢晓波扶住了。他抢过"泡豇豆"手里的铁锤，笑着说，"喝醉了吧？换我来喝点吧，你可扶好了，可不能倒下！"

"来吧，一起来个愚公移山！"挥着铁锤的鄢小波一边铛铛地打着钢钎，一边还对"泡豇豆"开着玩笑。

打钢钎，一般人抡十几锤就会气喘吁吁。鄢小波这天却一口气打了几十锤，大家都惊叹不已，这是多么大的鼓励啊！低迷的士气一下受到了鼓舞，大家情绪一下被带动起来，战士们纷纷摩拳擦掌，相互鼓励，相互赶超，向大自然发起不屈服的挑战！

血浓于水

菜头：

此时此刻，连队已经没啥粮食了，我们只能去薅野菜。那个野菜吃了一个多月，吃得人的脸都绿了。有些战士的脚又青、又肿、又红，有的战士一只脚肿得像两只脚一样。就是这样，大家都无怨无悔。

进入藏区之后，我无数次地感受到了藏族群众的真诚、热情还有善良。当然也看到了他们生活的困苦和艰难。

见到那个藏族小孩之后，使我最直观地感受到西藏广大老百姓真切地生活在水深火热当中。

……

泡豇豆

1951 年 5 月 6 日于马尼干戈

风光壮丽的青藏高原，雪山连绵起伏，如同银色的巨龙在天地间蜿蜒。重重叠叠的高山之中，一座陡峭的山脊悬崖边，一位裹着一张破旧羊皮的老人，迈着沉重的步伐，大口喘着粗气，顺着山崖往下拼命奔跑。他顾不上压弯了的脊梁，顾不上鞋子也没有穿的脚底已经被石子划破，因为他背上那个六七岁的孩子已经陷入昏迷，而鲜血正不断地从孩子的袖口一滴一滴往下淌，刺目惊心地染红了沿路的荆棘。

老人的身后响起了急促的马蹄声，他知道是头人派出的追赶者紧随而至！老天啊！求你开开眼，救救可怜的孩子吧！他在心里默默祈祷，但他不敢往后看一眼，因为伴着马蹄声，还响起了几声尖锐的枪声，透出对他们生命的威胁！

老人心中充满了痛苦和无奈，他知道，一旦被头人抓住，他和孩子都将面临无尽的苦难和折磨。然而，他不能放弃，他必须竭尽全力，给孩子争取一线生机！

老人已经顾不上那么多了，他完全是豁出去了，只见他咬紧牙关，拼尽全力奔跑，他知道他并不能真的逃脱头人的追捕，反正都是死，他想要试一试！山下，那里来了一支修路的部队，他帮头人放牧的时候悄悄观察过他们，他们的纪律很好，从不打扰周边的老百姓。他们的心很善，遇到他这样吃不饱穿不暖的农奴，他们还会分发食物，甚至还给他们瞧病。天啦，这是他这样被头人们踩在脚下的低贱人不敢想象的啊！这简直就是菩萨兵啊！所以当他的孙子遭遇灭顶之灾的时候，他想到了他们。只要在头人追上前，跑到山涧下正在修路架桥的解放军工地上，可怜的孩子就会有一丝活下去的希望吧？

马蹄声越来越近，老人因为劳累过度，脚步也越来越慢。喘息不止的老人，似乎已经能感觉到头人愤怒的鼻息，他不得不强打精神，机械地迈动麻木的双腿。

天啦，头人派出的爪牙就在身后不远了！他要坚持不住，或者摔倒下去，那等待他们的将是可怕的刑罚！可他已经看到了架桥的解放军部队了，就在前方不远了！当他看到人头攒动、不停忙碌的他们时，就像看到了救星一样，就快累倒的他，不知道哪里又来了一股子力气，跟跄着冲了过去，在头人的爪牙追上前，早一步进了工地，一下跪倒在修桥的战士面前。

工地上突然跑过来一位老人，背上还背着一个孩子，他们的身后紧跟着两个骑着马的壮汉。筑路战士们早看到不对劲了，老人一到工地，指战员们就涌向老人，一堵人墙将老人护在中间，隔开了紧随而至的骑马壮汉。

刚从水里掏了两筐石头的"泡豇豆"，看到这一幕，也从水里上了岸，好奇地凑了过去。

被大家包围着的老人泣不成声，将背上的小孩放下，抱在了怀里。他焦急地向大家述说着什么，而他怀里的小孩满身血渍，可能因为失血过多，已经进入休克状态。

经过部队翻译员的翻译，大家才知道，这孩子惹恼了头人，结果被砍断了一只胳膊！

这个可怜的孩子啊！连队指导员赶紧叫来了卫生员，检查孩子的伤势，并做伤口的清理和包扎。大家握紧了拳头，有的小同志还掉下了眼泪。

大家都为孩子悬着一颗心的时候，突然听到两声枪响，"泡豇豆"循声望去，原来是那两个骑马的壮汉，举着长枪，对着天空放了两响。

连队指导员带头，班长付永志跟随其后，"泡豇豆"和鄢小波以及一群义愤填膺的战士跟在连长和班长身后，拦在老人前面站成了一排。连队指导员和翻译员站在最前面和两壮汉交涉。

两人起初说是家里的两头牲口丢了，所以到工地来找找。看着一众战士眼里的怒火，两人又说那老人和孩子都是他们家里的奴隶，是他们家的财产，说着两人就下了马，往前冲，想强行带走老人和孩子。

孩子已经奄奄一息，老人痛苦地哭出了声。战士们手挽手，铜墙铁壁般将壮汉拦在了外面。

"指导员，流血太多了，必须马上输血！等不起了！"给孩子处理完伤口，卫生员焦急地向指导员汇报。

指导员眉头一皱，走到两壮汉跟前，让翻译员和他

们交涉,现在人都快没了,先救人!救完人,他们要带人走也不迟。在指导员的劝说下,两人才勉强同意了让部队抢救孩子,给孩子输血。

没有集合号令,指战员们已经自觉地围在老人和孩子身边,举起胳膊,报名要给孩子输血。

体重只有九十多斤的连队指导员,看着这群面黄肌瘦的战士,欣慰地点了点头,发了号令:"知道自己是O型血的排队,血不能乱输。下了水的,就不要想了!输了血就扛不住了,都到一边帮忙去!"

指导员说着已经走到了老人身边,拍了拍老人的肩膀,让老人放心,然后卷起自己袖口,把手利落地伸到了卫生员跟前,命令卫生员:"先输我的,我是O型血!"

指导员个子本来就小,又是小骨骼,伸过来的细瘦的胳膊,一把就能握住。看着指导员眼泡肿肿的脸上又青又白,卫生员犹豫了一下。指导员一下就明白过来,骂了起来:"磨磨唧唧!还不赶快救人!"

卫生员只得把想说的话又咽了下去,开始给指导员做输血准备。也不知道卫生员是担心指导员的身体,还是因为指导员太瘦,血管确实不好找,卫生员就反复说着指导员血管找不到,不好扎,要换一个人扎。指导员一下就火了,一巴掌拍到了小卫生员头上,接着骂道:"你个熊包!连个血管都找不到,你丢不丢人!"

卫生员挨了一巴掌后，血管立刻就被找到了。

指导员脸上表情这才缓和了一点，嘴上还继续训着卫生员："还是得骂，这不就成了！"

指导员抽血的工夫，O型血的指战员们已经在一旁排成了长龙。看着这么多人要输血救自己的孙子，抱着孩子的老人，嘴里一直小声念叨着什么，眼泪止不住地往下掉。

因为修桥下水的人不准抽血这个死命令，"泡豇豆"觉得特别遗憾，自己不能给这个藏族小孩出一份力。其实他当时也不知道自己的血型，只能站在一旁干着急。

十几名筑路战士的血液汇聚成无限的温暖，缓缓进入到孩子的体内。看着孩子那苍白的小脸慢慢红润起来，大家都松了一口气。老人激动得整个身体都在颤抖，感激地向眼前的救命恩人们连连点头。

人是救活了，但部队有自己的纪律，两人是不能就这么留在部队里的。指导员决定还是让两个骑马追来的壮汉把老人和孩子领回去。战士们一下炸开了锅，纷纷劝说指导员，这么做不是羊入虎口吗？大家好不容易救活的孩子，再说现在孩子只是暂时安全了，就这么让他们把老人孩子带走，回去伤口不会恶化吗？老人和孩子还能活命吗？

指导员只能耐心地向大家解释，要尊重西藏的习俗，不能激化矛盾。并且，他会亲自陪同跑一趟，把老人孩子送回去。

服从命令是军人的天职。虽然还是有不少人表示不解，但也只能看着指导员带着两名警卫，用部队的马匹驮着老人和孩子，跟着两名壮汉，把人送还给他们的头人。

指导员走后，"泡豇豆"和战友们又继续投入到修路架桥的工作中。"泡豇豆"觉得心里像有个东西压着一样，又重又堵得慌。他下河捞石子，平时觉得水特别冷，有时候还要喝两口酒才敢下去，这会儿却连酒也忘了喝了，下水一激灵，才想起河水是刺骨的。在水里泡了个把时辰，他的手就泡得白白的，失去了知觉。他跟往常一样，上岸找了一些树枝，在手上抽打，以帮助恢复知觉。平常，用树枝在手上抽打，他都会觉得很难受，可今天，他居然连难受都忘记了。他的心里，那团堵得慌的东西始终散不去，他的脑子里一直想的都是那孩子和老人会面对的是什么。这些人输的血有用吗？人醒过来了吗？头人既然会砍掉小孩的手，回去后会放过他们吗？

"泡豇豆"又下河了几次，太阳快落山的时候，他从河里起来，裤腿乃至全身都湿透了。早晚气温降低，根据经验，这个时候裤子鞋子就会立马结冰。虽然已经累得很想坐下来休息一下，但"泡豇豆"一上岸根本就不敢停下来。他赶紧跺着脚，跑了起来，以防整个人和地面冰冻在一起。

"泡豇豆"追着太阳,奔跑着。跑着,跑着,看到落日的影子里出现了几个人影儿。

是指导员回来了!

"泡豇豆"跑得更快了,他急切地跑到了指导员跟前,想第一时间知道老人和孩子的情况。

指导员和警卫相视而笑,告诉他,部队帮孩子和老人都赎了身。老人已经背着孩子去了一个安全的地方。那里会有人照顾他们,还会给那个孩子提供上学的机会,把他抚养成人。

"哪里有这样的好地方?""泡豇豆"心里一下就亮堂开了,笑容不自觉地往脸上爬。

指导员哈哈一笑,看着"泡豇豆"的眼睛,认真地回答说:"不是他们自己想办法,不是他们自己敢挑战命运,咋能成功甩掉头人的追赶呢?对他们来说,这是一次不平凡的经历,也是他们生命中的一个转折点。从今往后,他们要为了自由和尊严而战了!不再做那个受尽欺凌的农奴了!"

指导员话里的意思,"泡豇豆"都听明白了,心里就觉得畅快了。多年以后,在一次偶然的机会中,"泡豇豆"又听人说起那个被砍断胳膊的孩子,有人又见到过他,他已经长大了,并给自己取了一个名字,叫作金珠。

14 冻土火攻

菜头：

通过修路，藏族群众认识了解放军，认识了共产党，他们知道解放军为他们修路，是为了给他们带来好生活。他们开心啊，就编成了歌来唱，这些歌我们都学会了，连藏语我们都会唱。什么金珠玛米亚古都……

如果一早就知道修路工作有这么多困难，甚至抛头颅、洒热血，我不知道我还会不会做这个选择。

巨石挡在了我们面前，我就把巨石劈开。大山挡在了我们面前，我们就把路往山上修。把路往山上修的时候，我们遇到了更大的困难，就是整座山都是冻土，冻得像铁块块一样……

泡豇豆
1951 年 2 月 22 日于雀儿山脚

雀儿山，藏语称为措拉，意思是大鸟的羽翼。它雪峰绵延，冰川四溢，绵延100多千米，山峰平均高度逾5500米，5500米以上的山峰有10座，6000米以上的山峰有3座，再加之主峰突兀于周围十座5500米的群峰之上，高峻挺拔甚似大鸟羽翼欲展翅腾空，所以有"爬上雀儿山，鞭子打着天"的说法。

当地人口中的雄鹰也无法飞跃的雀儿山，就横亘在修路大军面前。堪比登天的筑路任务下达之后，"泡豇豆"和战友们没有犹豫，一挑一担、一钢钎一铁锤地往雀儿山发起了冲锋。

刚上山，"泡豇豆"所在部队就遇到了急冻雨。雨水扑打在岩石和战士们的身上，劈里啪啦地响。山路变得湿滑。战士们每人身上的负重有武器、口粮、修路工具等，重量不低于60斤。雨水不仅消耗着大家的体力，也使战士们身上的负重更重了。在湿滑的路面上前进，每一步都是考验，不时就会有人摔倒。

谁也没有料到修筑这条漫长的进藏路，会遭遇这么多变故，这么恶劣的气候！部队充分发扬团结互助的革命精神，但像"泡豇豆"这样个子不高的小战士，也没有得到更多的照顾，因为每个人都到了自己体能的极限！

这样突然而至的冻雨，让指导员慌了神。他前后奔走，告诫大家要继续劳动，千万不能停下来休息。因为人一旦休息，体温就会快速下降，只要坐下去，可能就永远也站不起来了。

　　山上气温低到零下 30 摄氏度，哪里敢歇息。一旦有战士太累停下来休息，就会面临伤冻的危险。短短几天时间，各种疾病席卷而来，不少战士相继倒了下去，部队频繁出现非战争减员，士气一下陷入了低迷。

　　文工团的战士冒着严寒来给大家表演。为了良好的演出效果，他们在极端严寒的天气下，穿着单薄的服装为大家打气加油，这给了"泡豇豆"和战友们很大的触动，对自己的修路任务没有一丝怠慢。

　　战士们已经忘掉了生死，坚持用锤子钢钎把一块快大石头捣碎，然后再把石子撒到路面上，把下冻雨形成的暗池子一个个铺平。疾风骤雨中，有战士带头唱起了民歌。就快要坚持不下去的"泡豇豆"受到了鼓舞，也跟着哼唱了起来。整齐的歌声响彻山谷。"泡豇豆"和战友们不管肿冻的腿脚，不顾裂开的伤口，咬紧牙关，始终没有放下手中的工具。

　　终于，阳光驱散乌云，冻雨终于停止了。

　　挨过了冻雨，新的问题又出现了。

　　雀儿山受极寒天气加冻雨的影响，其中绝大部分路面都形成了厚厚的冻土层，不少路面冻土至少都有一米左右的厚度。那是钢钎挖不动，锤子也凿不开的厚厚冻土。部队已经接到命令要加快修路进度，既是考虑公路需求的迫切性，同时也是考虑在这样极端恶劣的条件下战士们的身体状况不能久留。可这样厚实的冻土，该怎么才能加快进度呢？

鄢小波自认为力大如牛，可再怎么挥锤，在冻土面前就是白费劲。"泡豇豆"都不跟他抢铁锤了，反正也凿不开，锤不动。每当这个时候，"泡豇豆"就哈哈笑着调侃鄢小波也能遇到对手。

在尝试了多种办法后，又有人提出了一个新的办法："火攻！"

老天把山冰冻了起来，那战士们就要用火把山化开，再接着修路！

这样一个大胆的想法提出后，有人质疑，但更多的人已经开始齐心协力在林中找寻能燃烧的朽木、树枝等，收集回来就集中铺在一截路上，点着火，等到路面烤得有一点点融化，就赶紧趁热往下挖。一边烤，一边挖，这样的办法虽然慢一点，但毕竟管用，公路又一寸一寸地往前推进了起来。

"火攻"筑路法，让修路顺利进行了几天。但那几天过后，大家发现木柴的需求量巨大，找来的木柴严重跟不上修路的进度。

"烧 800 斤柴也不过化开两寸深冰坨坨。"

"白天烧化了的冻土，夜晚又被冻住，啥时候才能翻过这座山,猴年马月才能把路修到拉萨啊?"

这样的情况下,说什么话的人都有。焦急的情绪开始在部队里蔓延的同时,指导员已经率先带领着战士们开始到处找木柴了。

"与其抱怨,不如实干!没人绑了咱们的手、咱们的脚,能做多少是多少!"鄢小波这么说着,也把铁锤一放,要去找柴火。杵在那啥也不做也冷得难受啊,"泡豇豆"就跟在鄢小波后面,开始上山穿林。

两个人一看到木柴,就跟见到了宝贝一样,抢着往前扑。你追我赶的,每天都能捆好几大捆木柴背回部队去。

在哈气成冰的大山里,空手走路都喘不过气,还要去砍柴、捡柴、背柴就更为艰难。虽然累了一点,但眼里有希望,一直在行动,两人不仅没被冻伤,还受到了指导员的表扬!

修路也就在大家的齐心协力下,有条不紊地往前推进着。

一路格桑花

菜头：

在这里，我们有些战士呼气困难，整个脸都发紫。可没有人敢劝一劝停下来歇口气。因为有些战士扛不住了，坐下去休息以后，就停止了呼吸。

我很难过，亲眼看到过自己的战友离开，亲手埋过战友的尸骸。一位战友，冻僵之后还面朝着拉萨的方向，保持着行军礼的姿势。

……

泡豇豆

1951年3月12日于雀儿山

雀儿山的极端天气和冻土原因，修路进度缓慢无比。战士们在这里不断减员，后方物资也急需通过雀儿山运往前方，打通雀儿山，成了大家迫切需要攻克的难题！

冻土的问题得到了解决，但是遇到大一点的石方，"烧石法"已经没有多大作用了，必须使用炸药，采用爆破技术。

"泡豇豆"他们班自从学习爆破技术牺牲了战友，大家见识了炸药的威力后，都有点抵触这种技术。可随着"拦路虎"的频繁出现，不得不使用炸药提高工作效率。几个人轮番硬着头皮上了之后，尝到了爆破带来的甜头，慢慢都有了兴致，有模有样地研究起了小规模爆破，把打小炮用得如鱼得水。

但是炮越小，威力就小，一次炸不了几方石头，功效也很低。在雀儿山上，已经遇到两次大石方没炸开的情况了，这可愁坏了班长付永志。为此，他专门跑去请教有经验的工兵，初步掌握了放大炮的技术。

放大炮，既要胆子大、懂技术，还要心思细，肯动脑找突破口，这种技术人员在修路的大部队里可是不多的。为了加快工期，付永志研究出改进装药方法和利用石缝放炮的办法，将原来一炮的功效，提高了十几倍。

"泡豇豆"不光识字，脑子还灵活，不声不响跟在班长身后，把爆破的技术就学了个七七八八。所以，班长出去，也默许"泡豇豆"跟在后面。

这天，班长带着战士们向一座凸出的山体又发起了挑战。几十个炮眼填装好炸药，一阵轰鸣之后，完成了首轮的爆破。

"班长，好像有一个炮眼没响！"掩体后的"泡豇豆"一直目不转睛地看着爆破现场，他发觉有一个炮眼不对劲，大声对班长说："我去看看！"

炮眼没有响，就意味着危险。此时没有响的炮眼，随时都有发生爆炸的可能。

"你站住！有能耐了是吧！"听"泡豇豆"这么一说，班长就急了，赶紧拦住"泡豇豆"，训斥道："炮眼是我填的，该我去！在这儿等着！"

班长快速爬上了三米多高的半山腰上，小心地勘测已经裂开的地形和炮眼的情况。

"泡豇豆"和战友们在山下焦急地看着班长的身影，每一秒都是那么焦灼和煎熬。

班长还是像往常那样在检查炮眼，"泡豇豆"虽然心已经提到了嗓子眼，但他相信今天会和往常一样，找到炮眼的问题，重新放好炸药，成功完成爆破！

不负众望，班长重新整理好了炮眼，转身往山下跑。"泡豇豆"这才悄悄松了口气，擦了一把额头的冷汗。

突然一声巨大的轰响，火光冲天，山摇地动，飞沙走石，凸出的"拦路虎"被顺利爆破。正当大家鼓掌相庆的时候，突然，数块脸盆大小的石头向班长的方向飞去，而他的周围根本找不到一处掩体。

爆炸的冲击力将班长掀翻。

碎石和火焰飞溅，烟尘弥漫，吞噬了周围的一切。

"班长！班长！"尘埃未散，战友们呼喊着，在场的所有人都急了，扑向班长。

卫生员听到声音及时赶到，鲜血淋漓的班长被抬到了担架上。班长全身上下的血窟窿止不住地淌血，卫生员手忙脚乱也没能止住，眼看着班长脸色发白，虚弱到眼睛都快睁不开了，卫生员急忙打开急救包，拿出了一支针药。

"不需要了。"班长轻轻地摇了摇头，接着说，"我们的药不多了，太珍贵了，留给有需要的同志吧。"

班长这么一说，"泡豇豆"的眼泪一下就涌了出来。但他强忍着不敢哭出声，因为他怕哭声是告诉班长他真的就要离开了。

"我只有一个请求！"班长的神色却平静而坦然，他虚弱地指向胸口，卫生员从他胸前的口袋里掏出了一个小纸包，递给了离得最近的鄢小波。鄢小波颤抖着打开小纸包，里面是各种各样的植物种子。班长环顾了一圈在场战友们，气若游丝地说道："这是一包菜种子，帮我，帮我把种子带到拉萨去，种在,西藏的,土地上……"

完成了交代，班长嘴里呕出了一口鲜血，身体一瘫，永远地闭上了眼睛。

"班长！班长！"

战士们眼泪鼻涕横流,泣不成声。"泡豇豆"原本强忍着的眼泪,被大家的痛哭声也带了出来,决堤而下。

就在附近的连队指导员,听到噩耗,匆匆赶来。他看着担架上的付永志,脱下军帽,向他行了一个庄严的军礼。

待指导员的情绪平稳了一些,才缓缓面向大家,沉痛地说道:

"战友们,同志们,我知道大家很难过,我和你们一样难过。我们所在的部队是由老一辈无产阶级革命家组建的。自抗日战争爆发以来,我们这支部队在华中等地区与日本侵略军多次展开了顽强的殊死搏斗! 1942年12月,襄阳保卫战那次,我就亲眼看到子弹穿过付永志的肩膀,离心脏就那么一点点的距离,他坚强地扛了过来! 1945年,抗日战争胜利结束! 老百姓还没有过上好日子,我们继续投身到了解放战争中! 1949年,解放战争取得了全面胜利,人民当家作主,分发了土地! 你们的班长付永志同志,他本可以回家的,可以在他的家乡吴台庙过上好日子了! 可是西藏,还有百万在水深火热中的藏族同胞,我们的红旗,还没有插到喜马拉雅山脉上! 同志们,战友们,就像我们修的这条路一样,这一块块铺路的石头是那么不起眼,但成千上万的石头聚集一起,你们说这条路能不能成? 同志们,战友们,就是因为有大家在这里，甘为路石，这条路当然能成！历史也许不会记住我们！但是这条路，会记住我们！我们就是开创历史，开创这条路的人，把和平与解放带进西藏的人！同志们，战友们，我们就把付永志同志埋在这山上吧！他一定想看到这条路，一点一点地通往拉萨，他一定想看到，这条路的变化，看到人民的变化，看到西藏的变化！看到全中国的变化！"

　　"泡豇豆"和战友们为老班长选了一块有花朵盛开的安息地，亲手将老班长埋在了雀儿山上。他们都知道，老班长将长眠在这条通往拉萨的路上，他心里的种子会生根发芽，在一个又一个晴朗的日子里，破土而出，长高长大，并开出一朵朵美丽的花，格桑花。

16 雪地生还

菜头：

我第一次看到雪山的时候，还是在甘孜。我觉得非常神奇。远处山上都是白的，好漂亮啊。天特别蓝，水也特别清，雪山特别漂亮。

你没见过雪山，你不晓得雪山的漂亮，也更不晓得这里面的危险。

茫茫雪山，白花花一片，经太阳一照，雪一反光，人的眼睛就会受不了。我也是才知道，什么叫雪盲。

翻过雀儿山顶，我们就遭遇了一场大雪。有的部队在雪地行军一天，第二天几乎眼睛都坏了。一个连队，一百多人就十来个正常，剩下的都看不见了。后来采取什么办法呢？连队找来一根绳子，让大家都拉着绳子，眼睛能看见的人就在前面拉着走。遇到沟沟坎坎，前面的人就说，跳！哎呀，前面一两个人还可以，跟着指示能跳过去。后面的，哎呀，牵一绳子的人，不是跳沟里去，就是摔跤倒地。

得雪盲，眼睛火辣辣地痛。关键啥都看不到，就很痛苦。所以，你要是遇到看不到边的大雪，要用头发把眼睛挡住。我是用的马尾巴。马尾巴上面的毛，编织成一个网，挡一挡还是很管事的。

……

泡豇豆
1951 年 11 月 20 日于琼达

一场大雪过后，天地间只剩下耀眼的白。

"泡豇豆"以前就没见过几次雪，这样铺天盖地的大雪，更是头一次见。那场雪快过去的早晨，他被凝固般的空气冻醒，醒了之后就觉得整个脑袋都在疼。穿好衣服，"泡豇豆"发现鞋子却穿不上。原来天气太冷了，鞋子都冻得硬邦邦的变了形。没办法，只好把鞋子搂在怀里，等鞋子有了温度软了一点，才勉强穿上。

帐篷被积雪压得变了形，帐篷门也已经埋了一大截在积雪里。"泡豇豆"好不容易和战友一起扒开帐篷门外的积雪，探出半个脑袋一瞧，那雪厚得呀，就没有下脚的地方了。第一次见到这样的场景，"泡豇豆"还有些小小的兴奋，把军大衣一裹紧，走进了雪地。

在没到膝盖以上的雪地行走，一脚踩下去后，半截腿都陷到雪里，再拔出脚往前，走一步都吃力，走了几步，就在雪地中间走不动了。

拔不出脚来，"泡豇豆"想叫鄢小波过来，可是往鄢小波他们的帐篷望去，发现不仅人不见了，连帐篷也没了踪影！

这是怎么回事？人呢？帐篷呢？

吓坏了的"泡豇豆"一着急，脚一下拔了出来，摇摇晃晃走到鄢小波他们头天晚上搭帐篷的地方，一叫，居然雪底下传来了声音。原来鄢小波他们几个人的帐篷被雪直接压塌了，在大家的帮助下，才把几个人从雪里挖了出来。

炊事员倒是早清好了一小块地，把行军锅重新架了起来。但地面又湿又冷，半天也没把火点着。

冰冷的空气，像是要把大家全部冻成冰凌。茫茫一座雪山，不要说修路了，战士们的生存都成问题！不能在山上坐以待毙！连里当即下达了命令，收拾行囊下山，到积雪不厚的地方继续修路，等这段路的积雪融化变薄后，让后面的修路部队接着打通。

往山下雪薄的地方去，说起来容易，做起来就难了。战士们都需要背着重量不轻的物资，有的人还得负责骡马。比如鄢小波，他就不光得顾自己，他还得安抚好分给他负责的那匹骡子"小黑"。"小黑"身上驮的可是两大袋珍贵的粮食,还有修路工具。单人还要好走些,那骡子胆小,鄢小波还得一边哄着,一边用力往前拉。"泡豇豆"就走在"小黑"后面,鄢小波说是让他给"小黑"壮胆。自从班长牺牲之后,副班长鄢小波就代替了班长的位置。实际上为了保护好班里的秀才兵,鄢小波故意让"泡豇豆"走在"小黑"身后,在"泡豇豆"走不动的时候,可以拉一拉骡子尾巴,借一点力。

过膝的厚厚积雪,被前面的战士们踩出了一条弯弯曲曲的小道。即便是这样,"泡豇豆"还是觉得每一步走得都那么艰难。随着两腿的体温以及摩擦把腿上的积雪融化后,雪水浸湿了裤腿,接着又凝结成了冰,牢牢地贴在双腿上,腿骨头都疼。

风呼呼地在战士们耳边呼啸,"泡豇豆"觉得刮得耳朵里面都在疼。一步一歇,好不容易爬到山顶岔口。"泡豇豆"看着前面的鄢小波,想叫他下坡更要注意安全。刚张开口,从喉咙一直往下到胃肠都被冷风灌得一激灵,"泡豇豆"一下觉得气也喘不过来。他双手按在膝盖上,大口喘着粗气,让自己缓了好一会儿,可是,喉咙和舌头就像被冻住了一样,他怎么也发不出声音来。

"泡豇豆"看向鄢小波,只见他捂着胸口看着"泡豇豆",好一会儿也只发出了"啊……啊啊……"的声音。

两个人指着对方,都笑得弯了腰。笑着笑着,都笑出了眼泪。又都拍着胸脯告诉对方自己还好,放心前进吧。

翻过垭口往下,并没有像预估的那样积雪薄一些,而是时薄时厚,厚的地方甚至像一脚下去能埋掉一个人。越往下的路也越难行。部队里战士真正掉队掉得厉害,就是从这个时候开始的。

像大棉被裹住的大山,往下行进的时候,还有一个巨大的问题是被雪覆盖的路面,只能凭运气和直觉,根本不知道一脚踩下去的地方是路面还是悬崖!

一切都是未知的!未知的路途,未知的凶险,希望和安全不知道离大家到底还有多远。

"泡豇豆"跟在鄢小波和"小黑"的身后,他们前进一步,"泡豇豆"就咬牙迈着重如千斤的腿跟着挪动一步。饥饿、寒冷、疲惫以及面对未知的无助感,"泡豇豆"不敢想象,如果自己的前方没有人,没有这个平日里一边打打闹闹一边照顾自己的鄢小波,自己在这冰天雪地是否还能坚持着前进。

看着"小黑"和鄢小波同样疲惫不堪的身影,他的心里突然升起一种性命相托的感动,觉得那平时再熟悉不过的背影,在苍茫的天地间,竟那么高大和伟岸。"泡豇豆"心想,到了安全的地方,他一定要好好拥抱一下自己的好战友,还要找来上好的黑豆,犒劳这匹壮年的骡子。"小黑"虽然胆子小,可只要鄢小波在,什么样的路，它都是甘心跟着他走的。这家伙还很通人性，知道鄢小波放心不下比大家矮一头的"泡豇豆"，它时不时还会回头望一眼，看看"泡豇豆"隔得有多远。稍微远了一点，它就会停下来，鄢小波就知道该等等后面的"泡豇豆"了。可是现在物资严重紧缺，黑豆可不好找。等到了安全的地方，或者到了春天，他"泡豇豆"可以牵着小黑，找一片嫩绿的草地犒劳它呀，带它去温暖的河边，给它好好洗个澡。

走着，想着，"泡豇豆"自己都被自己感动了，眼前蒙上了一团雾气。他又在内心嘲笑了一下自己，停下来，抬起袖口抹了一下眼睛。等他睁开眼睛，找寻前方的带路"标志"的时候，一下傻眼了！

蓝天下苍茫茫一片白雪，哪里还有人影？

一个没留神歇气的工夫，鄢小波连人带骡子就在他的眼皮子底下消失了！

人呢？骡子呢？

"泡豇豆"的心跳骤然加快，大张的嘴巴，根本说不出话来。他急促地呼吸着，像只掉队的可怜小羊羔一样，原地转了好几圈，依然没看到自己的队伍在哪里。

"鄢……鄢……"他喊不出声，脑子嗡嗡作响，心里就像一块肉被挖掉了一样空洞和难受。

绝望和无助将"泡豇豆"包围，就在他惊慌失措转圈到连方向感也快失去了的时候,三位后面上来的战友发现了他,赶紧赶了过来。

"出什么事了?"

听到战友的声音,"泡豇豆"感觉一下有了支撑的力量,强迫自己镇定下来。

"鄢,鄢,鄢小波和骡子不见了!""泡豇豆"终于还算连贯地把经过说了出来。

"鄢小波!"

"鄢小波!"

听完"泡豇豆"的讲述,战友们对着四周呼喊起来。"泡豇豆"发现声音找回来后,也开始大声呼喊鄢小波的名字。

可茫茫雪地,哪有人回应呢?

"泡豇豆"的心没着没落地慌得很,鼻涕眼泪一起往下流。他用力在雪堆中翻找,踢打厚实的积雪四下查看,声音也因为呼唤,没过一会儿就变得嘶哑起来。可不管他怎么难过、怎么呼喊,始终没有鄢小波的一点蛛丝马迹。天地间,那耀眼的一片白也像对他发出无尽的嘲讽,让他的眼睛泪流不止,最终他体力消耗殆尽,更加绝望地倒在了雪地上,仰躺着闭上了眼睛。

鄢小波,难道就这样没了?

"泡豇豆"从不敢相信、不敢想象到主动去往最坏的地方想。他还在想,自己会不会也在这样一个积雪覆盖的山头，永远地睡过去。

想着想着，突然，他听到雪底下传来了一股沉闷的声响。他一个激灵，赶紧侧了一下身，把耳朵贴在了雪地上。

那声音，虽然遥远，沉闷，但是那样地熟悉。

"不要再往前！下面是山沟！"

鄢小波！这就是鄢小波的声音！他还活着！他还活着！

"哈哈哈哈！""泡豇豆"跪在雪地上，突然傻笑起来。

战友听到他的笑声，实在担心他的精神状态，都围了过来，询问他的情况。当大家跟着"泡豇豆"的指示，也贴着耳朵在雪地上听到了下面的声音时，所有人都跟着哈哈笑了起来。

好家伙，这是掉到下面去了！人还活着！！

来了精神的"泡豇豆"利索地站了起来，和三位战友一起，小心地找到了一处"雪洞"。

"泡豇豆"趴在雪洞口，朝里面喊了两声，果然得到了鄢小波的回应。"泡豇豆"想了想，站起来把裤腰上的绳子给解了下来。三位战友也心领神会，开始解裤带和背包带子，拼凑出了一条救命绳，慢慢地伸进了雪窟窿里。

"鄢小波呀鄢小波,你倒是看着点呢,绳子啊,下来了啊!"

任上面的人怎么着急,可是半晌,那绳子始终轻飘飘的,没找到救援对象。

战友们又喊:"鄢小波,鄢小波,绳子下来了呀,哎呀,看着点!"

底下的人也一直回应着,可就是绳子不着力,不知道雪洞到底有多深,绳子下去了多少,人又在哪里。

众人又想了办法,从雪堆里扒拉出几块石头放在背包里,绑在绳子顶端增加下坠的重量,寻着声音,绳子扔下去了一次又一次,终于,像钓鱼一样,绳子突然一沉。

"哈,大鱼终于上钩了!"

几个人兴奋得相视一笑,个个来了劲,把绳子绑手臂上、绕腰上,掉头往外死死拉着,终于把人给"钓"了上来了。

鄢小波借着绳子的力道一上来,雪洞口子就塌了下去,几个人有的人拉手,有的人拉脚,快速地把鄢小波拉到了安全的地方。

四仰八叉的鄢小波坐了起来,帽子也丢了,光溜溜的脑袋上沾满了雪。也顾不上抖落一身的雪,鄢小波大喘着气,脸上没有捡回一命的笑容,反而一脸的生无可恋。

瞧着鄢小波那狼狈样,大家就又都笑了。边笑,几个人边走向鄢小波,将他围在中间,紧紧拥抱在一起。

外面一圈人笑着,被暖暖围在中间的鄢小波却哭了起来。

"黑啊,黑啊……"

大家听一会儿,算是听明白了。鄢小波这是心疼他的"小黑"啊!这是多么通人性的牲畜啊,摔下去了,还用身体使劲地靠近他!用背撑住他,不让他再继续往下掉!没有小黑,那就一定没有他了!可他救不上他的"小黑"啊!小黑就在下面山涧里,还能喘气呢!那"小黑"的身上还有两袋子粮食呢,还有修路工具呢!可是咋办呢,小黑就这么被埋在了雪下,他救不回他的小黑啊!

鄢小波哭得上气不接下气,把本来还开心把他救上来的战友们也惹哭了。粮食的重要性不必说了,这一路,战士们早把辛苦驮东西的骡马也当作了战友。那是亲密的战友啊!谁又舍得呢?

鄢小波,快一米八的大个子,打钢钎挥铁锤气都不喘的硬汉,在雪地里哭得稀里哗啦,难过得差点就要打滚了。"泡豇豆"看他的脸色变得酱紫,心里不放心,赶紧去拉他,结果碰到他的脸上,鄢小波的半只耳朵竟然掉了下来!

雪窟窿里滚了一遭,原来他的耳朵已经结成了冰,一碰就掉了下来,一点血痕都没有!

"泡豇豆"吓坏了,大家都吓坏了,只有鄢小波还抽泣着,不知道自己的耳朵都冻掉了半只。

几个人赶紧将鄢小波架了起来,"泡豇豆"将自己的帽子小心地给鄢小波戴了起来,大家相互搀扶着安慰着,开始寻找新的下山路。如果太阳落山前,无法走到安全的地方,那就不是半只耳朵被冻掉了的事了,大家都得没命!

不敢有丝毫懈怠,大家相互搀扶着不停地往山下赶路。有好几个陡坡,就坐在行军包上,像滑雪滑梯一样地滑下去的。至于危险,在做了充分的判断之后,就只能听从天意了。

幸运的是,他们在一个山头看到了另一个班在积雪中临时搭建的歇脚帐篷!几个人激动地向着帐篷挥手、呼喊。

帐篷看起来很近,可追赶起来,才知道有多远。好在帐篷那边的同志也发现了他们,判断出他们需要帮助,立刻派人牵着马匹迎了过来。

过来迎接的卫生员把鄢小波扶上了马,驮回帐篷,简单检查了一下身体状况,又给他冻坏的耳朵做了包扎处理之后,向他们的班长做了建议,赶紧用马驮着人追赶前方大部队。班长当即决定,派两名强健的战士,牵着班里唯一的马,驮着鄢小波,往前方连队大本营追赶。

那里有更好的医疗条件，追上连队，鄢小波也许就能保住小命了。

而剩下的人，开始收拾起帐篷，靠脚力，继续行军前进。

午后的太阳照在茫茫白雪上，反射着紫外线。大雪掩盖了树，也掩盖了山，除了白色，其他颜色都看不见。雪地上行走的战士们一不小心，瞳孔就被雪的利刃刺伤，畏光、流泪、异物感，伴着灼痛向大家袭来。

"泡豇豆"一路都在担心鄢小波，也不知道他们路上怎么样，追上连队没有，他的小命保住了没有。就那么闷头走着，也不知道走了多久，"泡豇豆"发现天怎么突然就黑了，眼睛还火辣辣地疼，睁不开眼，眼泪哗啦啦往下淌。

当其他战士也出现了这种情况时，他这才知道，不是天黑了，而是大家不同程度地患上了雪盲病！

反应眼睛不适的人越来越多，得了雪盲病的战士们，眼前只有昏天黑地一片，无法辨识方位，也越加觉得寒冷。苍茫的雪山就像没有尽头，如果雪盲人数继续增加，那这支部队将面临全军覆没的危险！

"泡豇豆"正跟跄着无助地不知道怎么前行的时候，一只同样冻得冰冷的手伸了过来，牵住他的手。那是同行的战友。"泡豇豆"瞬间觉得温暖起来，也没有那么担心害怕了，沮丧的内心又升起一股希望，一下又多了几分力气。

这支临时组成的小部队，召开了紧急会议，清点得雪盲病的人数，大家把背囊打开，再次翻找，一位战士双手颤抖着，捧出了几片纱布和一支钢笔。

挤出钢笔里的墨水浸染纱布，就做成了几片简单的护目镜，班长将宝贵的护目镜亲手送到了视力还好的两三个人的手中。他们将是所有人的眼睛和希望！

戴上了护目镜的战士在前面领路，后面的人一个拉着一个人的背包绳子，在雪地慢慢前行。

"脚下有坑，注意，跳！"

前面的人发口令指挥着，后面三四个人还能跟着指令跳过坑，可再后面就不行了，有提前跳的，有拖后跳的，有跌进坑里的，有摔倒的。前面的人又挨个去扶，帮大家找好位置，重新排队，再慢慢前进。慢，那是真慢！再加上带路的人也不认识路，就真的更慢了。

冰雪山脊，心手相连的队伍缓缓移动着。寒冷、缺氧、疲惫、饥饿以及雪盲病，无一不在考验着他们。

"泡豇豆"仅存的微弱视线里，他亲眼看到走在他前面的战友，走着走着，就倒了下去，永远也不能再站起来了。连祭奠的时间都没有，大家只能怀着悲痛的心情，用雪把亲爱的战友一埋，祈祷他能安息，然后马不停蹄继续赶路。

"嘿——哟——"

那是藏族汉子特有的清亮高亢的歌声,那种带着温度和力量的声音,穿过蓝天白云,穿过积雪,穿过战士体力的极限和意志力的边缘,传进了大家的耳朵里!

是一位老乡赶着牦牛出现了!

热心的老乡发现了疲惫的他们,赶着牦牛就迎了过来,主动要给大家带路!牦牛个子大,在雪地里又识路,老乡赶着牦牛迎着风雪走在最前面,而"泡豇豆"和战友们紧紧地咬住牙关,一个牵着一个,跟着老乡的步伐,咬着牙关,前进,前进……

"泡豇豆"知道,他和他的战友们都会更加强大。因为经历过生死边缘的困苦磨难,以后什么苦都将不在话下,不是吗?

17 两路通车

故事讲到了这里,李萌萌迫不及待地想知道修路的结果,便问爷爷李福海,问:"那最后路修通了吗?鄢小波和泡豇豆活下来了吗?"

李福海笑了笑,说:"你找找是不是有一封写两路通车的信?"

菜头:

一条是青藏公路,一条是康藏公路,两条公路同时修到了拉萨,两路通车,这个欢庆盛况太隆重了!

藏族群众大都没有见过汽车,第一次见到,藏语把汽车叫"莫扎",也叫"浪阔",谁知道哪一个名词是正规的藏语,总之大家就是高兴地叫:拉萨有了"莫扎"了,拉萨有了"浪阔"了。

场面真是热闹得不得了!我的心情也是格外地激动,不仅是为了两路通车这一盛况,我知道在这样一个日子,一定能看到那些曾经一起浴血奋战过的战友！像翻过雪山后就再也没有消息了的鄢小波，不晓得他是不是还活着。

泡豇豆
1954 年 12 月 25 日于拉萨

1954 年 12 月 25 日，在拉萨河大桥桥头举行的康藏公路通车剪彩仪式，以及在布达拉宫西侧的公路上举行的青藏公路剪彩仪式，使整个拉萨沸腾起来。

这一天，日光城拉萨如往常一般阳光灿烂。一大早，穿着黄色礼服的西藏地方政府官员，打着巨幅横幅的各机关团体的队伍，服装鲜艳的男女市民就先后到达两条公路剪彩的地方。

四年了，修路修了四年！"泡豇豆"站在热闹的人群中，看着有的战士打着腰鼓，有的穿上了藏族服装跳起了踢踏舞，有的激动地喊着"人民当家作主""毛主席万岁"的口号，"泡豇豆"的心中浪潮翻涌，激动的泪水模糊了双眼。他一边沉浸在喜悦的氛围中，一边一瘸一拐地在人群中寻找曾经的战友。

翻雪山得了雪盲病那次，虽然"泡豇豆"跟着藏族老乡和牦牛，成功找到了连队。小命是保住了，但却冻伤了双腿，只能转到随军医院进行救助。在随军医院里，他的双腿虽然保住了，但一条腿肌肉萎缩，再也恢复不了正常走路的状态了。天气有个什么变化的时候，这两条"天气预报"腿，就钻心地疼。

在随军医院，他一边养伤，一边帮着医院后勤做一些力所能及的事。因为表现好，好不容易获批可以重新回到修路部队，但是已经赶不上前方部队的脚步了。他也没有泄气，服从部队安排，进到了后方的一支修路部队，继续对路面进行完善。终于到了1954年，才跟着部队，走进了拉萨。

他怎能不激动啊！午时，两路车队在布达拉宫前会合。宽阔的公路两旁，鲜艳夺目的彩旗和穿着各色服装的人群，形成了一条长长的彩色行列。人们怀着无比兴奋的心情，等待汽车行列的到来。

终于，车队在万人簇拥、礼炮齐鸣声中并列开进布达拉宫前的广场。

真是惊天动地的大事啊！拉萨有了汽车了！藏族老百姓们又是激动又是好奇，欢呼着，铁牦牛啊，铁牦牛来了！还有人问铁牦牛得吃多少草啊，场面热闹极了。

"泡豇豆"觉得自己就像在做梦一样，修路啊修路，不知不觉就像修到了天边一样。他透过迎风飞舞的红旗，看到队伍前面高高举起的毛主席像，心中感慨万千。今天的这一切，标志着康藏、青藏公路同时正式完成通拉萨的战略任务。他作为一名筑路战士,能活着见证这个场面,怎能不自豪!在这背后,3000多名烈士长眠在了雪域高原,那是他亲爱的战友啊,他们用生命唱响了"一不怕苦、二不怕死"的赞歌,将自己的全部献给了党和人民的事业!

他的耳畔,人们欢呼着自由和平等的口号;他的眼中,人们脸上洋溢着幸福的笑容。"泡豇豆"乐陶陶地沉醉其中,随着人流缓慢挪动。走着走着,突然又想起了进拉萨城的时候的场景,就像怕忘记那条来时的路一样,不禁想沿着进城时的路再走走。

他穿过盛装打扮的老百姓,穿过仪仗队,穿过歌舞队,不知不觉走出了布达拉宫前面的大坝子。他还想往前再走走,迎面看到了一个人。

他穿着干净的军装,人瘦了不少,但也显得精神了不少。

那个人看到他,也停下了脚步。

"泡豇豆!"

"鄢小波!"

一个挂着拐杖,一个一瘸一拐地,奔向彼此!

开荒生产

菜头：

你看，在西藏这么一个高寒地区，藏族人民生活得如此积极向上。他们很喜欢养花。他们养一种咱们内地叫地瓜花的，他们叫大梨花，那花在这长得特别特别的好。

后来我被分配到了交通部门。一些转业回内地的同志，都会托我们的驾驶员从拉萨带些土回来。这是为啥呢？我们在拉萨开荒生产，土壤特别肥沃，种的萝卜、南瓜什么的，长得特别好。有种萝卜长出来后，能有1米多长呢。

……

泡豇豆
1955年4月10日于农场

有生之年还能和鄢小波重逢，这是"泡豇豆"进藏后最欣喜的一件事了，随后也顺利调回了原部队。这一年，他们接到了新的命令：进藏部队要自力更生，开荒生产。

从西北进藏的队伍来到了一块荒草地，从西南进藏的队伍来到了一块乱石滩，开垦出来后，就是后来的七一农场和八一农场。

一块荒地的开垦，需要经过开荒、播种、施肥、收割，还要锄草、修渠、翻地等，怎么也要一年的时间。

"咱们这是刚放下铁锤，就捡起了铁锹。"鄢晓波望着眼前一大片的乱石滩，吐了吐被风刮进嘴里的沙灰，打趣地说。

"你想想南泥湾，咱们这条件可好多了，总没有敌机在头上转。""泡豇豆"也跟着开玩笑。

"思想赶上得倒快！来，比比看，谁手脚快。"两个腿上都有点小问题的人，说完就一锹一锹地比赛起来了，就像回到了修路打石头的日子。

拉萨西郊基本就是大片的干河滩，满是棘刺灌木，在这样的乱石滩上，一锹下去，每次都能碰着石头，并发出刺耳的声音。

在这样的地上开荒，就是在石头缝里撬良田，得有点庖丁解牛的功夫。这才挖两下，鄢晓波就把铁锹扔在地上，跑了出去。

正当"泡豇豆"准备看他"笑话"的时候，鄢晓波扛着一把十字镐跑到了"泡豇豆"面前，一边咧着大嘴笑着,一边说道:"明年,这堆的就不是石头,而是土豆了。"

"山药蛋子,你们那儿是不是这么叫?到咱们这儿,就是金蛋蛋了。"鄢晓波停顿两三秒,清清嗓子,学着"泡豇豆"的四川口音说道,"众人一条心,黄土变成金。"说完,又哈哈大笑起来。

在烈日的暴晒下,刚翻开的沙土和石块很快就失去了湿气,尘土飞扬的作业场像是个战场,"泡豇豆"对着鄢晓波说,"来吧,还得打配合,我刨,你翻。"

"你们的速度还挺快的嘛!"前来检查的首长对"泡豇豆"和鄢晓波两个腿脚有问题的老兵说。

两人站得笔直,向首长一敬礼,脆生生地回答道:"这是实现现代化的速度!"

"也是我们解放西藏、建设西藏的速度!"首长一看他们不服输的劲头,就乐了,配合他们说。

目送首长离开,两人接着比赛干活。半天下来,旁边的石头堆了几大长溜,他们满头大汗地坐在地上。"泡豇豆"一边喘着粗气,一边说:"明年的春天,这里就会变成西藏的南泥湾了。"

"变成西藏的粮仓。"鄢小波接过他的话,说完两人又哈哈笑了。

开荒生产,部队规定的是早上七点钟上工,因为每天晚上都有几分钟的评比会,有的同志为了争取多开荒受表扬,就会提早上工。有的同志就干脆带着帐篷,住到了荒地旁边。

组织上并没有规定一个人要开荒多少,但是大家都是不停地你追我赶。"泡豇豆"为了能超过鄢小波,好几次都是天不亮就起来了。起来后,看着天上还挂着星星,就会想到部队组织看过的苏联的一个叫作《幸福生活》的电影。他也会学着里面的人物吼一声,唱几句,然后就去开荒了,直到天亮,才会回去吃早饭。

"泡豇豆"和鄢小波,算是晚一点才想到把帐篷搬到开荒的地旁边的,军用帐篷已经不够用了,他们就把带土的草皮一块一块垒起来,房顶上铺上铁皮,而铁皮的来源则是被剪开砸平的铁桶和罐头盒。

秋冬季节,拉萨的风很大,恨不能把石头都吹到天上去。有一天"泡豇豆"正睡着觉,一阵狂风刮来,整个房顶都被掀翻了。铺在房顶上的铁桶和罐头盒要么像大大小小的铠甲一样被吹得在风中翻滚,要么就七零八落地往下掉。

"人得赶紧往外跑啊,不然就被砸到了。""泡豇豆"看着受腿伤影响跑得慢的鄢晓波挨砸的狼狈模样,笑得岔了气,为此鄢晓波还说"泡豇豆"没有一点同情心。

一下起雨来草皮房里更是热闹非凡,外面下大雨,里面下小雨，能够找到的盆盆罐罐全摆在室内的地上用来接雨水了。

"赶紧拿罐头盒过来，看这天气恐怕要下雨了。"一看到变天，鄢晓波就催促着"泡豇豆"。

下雨的时候，罐头盒根本接不过来。好在拉萨雨水量不大。"泡豇豆"和战友们都庆幸拉萨的雨水并不充沛，熬过短暂的雨季就不至于这么狼狈了。而那叮叮咚咚的欢乐记忆，也为当年的艰苦生活增添了一抹灵动的色彩。

面对这一望无际的乱石滩，战士们的世界里更多的还是一种不服输的劲头。荒地上种出东西来，靠的就是这股不言放弃的劲头。

没有化肥，农场就派专人到拉萨的大街小巷去拉粪，收集上来的粪肥堆积得像一座座小山。部队上会派汽车来运输，学会赶马车的鄢晓波也被派去赶着马车帮忙运肥。

农场里种的菜就像战士们共同的孩子一样，接受着他们悉心的呵护。能想到的肥料都往地里浇，牛血也不例外。每当农场周围的牧民杀牦牛，战友们都会围过去，把牧民们不要的牛血收集起来，"你别觉得吓人，这东西浇在地里，菜长得好着呢！""泡豇豆"如实告诉其他的战友。

就是在这些肥料的滋养下，战士们在不被人看好的地上播撒下种子,种子发芽、抽条、开花,最后果真结出了奇迹。

"小波,小波快来看我们种的菜,这个萝卜,有三岁娃娃这么高。""泡豇豆"抱着一个十几斤的大萝卜在菜地里大声喊。

"三岁娃娃,那你要看好了,娃娃不要长脚跑了哟。"鄢小波说完,大家又笑作了一团。

开垦迎来了意想不到的大丰收。国庆节的时候,军区前面的大广场,农业成果展览就开始了。萝卜、南瓜、冬瓜、白菜……个头都很大,还有很多其他品种的蔬菜。

农场试种取得巨大的成功后,鄢小波和"泡豇豆"还特地在农场他们的帐篷边,用干牛粪、羊粪等堆出了一小块上好的宝地,将老班长付永志的那包菜籽,轻轻地撒了下去。

19 江水无情

李萌萌一边读信,李福海一边讲故事,李远昌负责开车,载着一老一小,从成都五百米左右的海拔,一路开到了折多山四千多米的海拔。

成都出来一路艳阳高照,到了康定开始阴雨。到了折多山半山腰云雾缭绕的,跟仙境差不多。李远昌车灯打着双闪,能见度也不超过15米。

老爷子还好,李萌萌一路读着信,他不停补充还原当时的场景,状态一直不错,还没有出现高原反应。但到了折多山就不一样了,李萌萌开始说头疼。

折多山虽然雨势还算稳定,但还是在半山腰连续转弯处看到了出状况的车辆。李远昌脑子里会控制不住地想,这一家子人千里送"鸡毛信",到底值不值?

半山腰往上的时候,他们的车子跟在一辆大货车后面,想超车,又犹豫了一下没超。前方有车过来,会车的时候,大车突然轮子打滑,突然后退!还好李远昌反应够快，一打方向盘扭到旁边的车道。结果差点撞了旁边的车……

一老一小也暂时安静了下来。折多山越往上，云层越薄，快到折多山山顶时，车身就像一下穿过了云层，看到了太阳和蓝天。

在开山修路形成的山顶垭口上，一大片五色经幡飘扬在天空，三个人的心情一下子就不一样了。

李远昌在观景的地方停稳了车，打算让老的小的好好看看风景。李远昌拿出轮椅，扶老爷子坐到轮椅上，李萌萌显然没有多大心思看风景，她站在爷爷身边，像找到了解题思路一样向爷爷求证："爷爷，我想我猜到了写信人是谁！"

李远昌听到女儿的话，转头看了老爷子一眼，两父子相视一笑，老爷子转头鼓励李萌萌说："那你说说看。"

"这些信会到您的手里，说明写信的人和您本身就有不同寻常的关系。您还能说出以前发生过的事情，可见你们关系亲密。写信人自称泡豇豆，我记得您说过，您有一个在西藏牺牲了的哥哥，叫李福江！"

李福海突然听到哥哥的名字，愣了一下，接着欣慰地一笑。他想给孙女讲一讲自己这位哥哥，可是话还没说出口，可能是因为有些激动，也可能是垭口上风大，他被自己的口水呛得不停地咳嗽。

李远昌赶紧示意李萌萌帮忙扶着爷爷回到车上去。

车子继续赶路，李福海也恢复了平静。看着眼前蜿蜒通向天边的国道318线，李福海决定继续把后来的故事，讲给儿子孙女听。

是的，"泡豇豆"就是李福海的哥哥李福江。他从部队转业后，留在了西藏的交通部门工作。

西藏的夏季，是一个多雨的季节。在交通部门已经工作了四五年的李福江，受命从拉萨驱车往波密一带做调研和巡查。

在排龙天险一带，李福江的车子前后都遇到了泥石流，硬生生被堵在了中间。

两路通车后，很多路面其实只能算临时性地修通了。当初在排龙天险，战士们是用巨大的牺牲换来的暂时通车，但要是遭到雨水天气，出状况那也是必然！虽然后面每年都在想办法维护和稳固，可山势的险要和频发的山体落石等问题本就都不是一时能解决的小问题。

雨一直在下，浓浓的云层越压越低，困在路上的李福江心急如焚。

"本路段的道班已经在做泥石流的清理工作。但是前面有一段山体土质疏松，如果被雨水冲垮了，那就不是一下能疏通的。我们可能就会在这里困上一个多月。"

司机罗布担忧地对李福江说。

"是啊,这段路还要加强改建啊!"李福江眉头不由得拧到了一起。

车上除了司机和李福江,还有一名工程师王勇才和他的徒弟多吉,大家的心情同样焦灼和担忧,但都跟李福江一样,尽量克制着。

被封在中间两个小时后,透过雨帘,司机终于看到了对面道班用手电筒打的通过指令。

李福江点了点头,果断向司机下达了指示:"开过去,出发!"

吉普车一米一米小心地往前行进着,安全地开出了泥石流所在位置。李福江看着站在雨中还在向他们行礼的波密段道班同志,摇下车窗,向他们回了一个庄重的军礼。

为了安全起见,吉普没有再开往波密,而是直接从排龙天险往林芝驶去。

那天,长长的山路上没有一辆车,甚至连一只鸟也没有,四下除了风声,就是雨声。雨中开车视线不好,司机罗布整个身子扑在方向盘上紧盯着前方,雨刮器急促地左右摇摆着,坐在副驾驶的李福江目不转睛地盯着前方的山体,以防出现新的泥石流。

李福江一直盯着前方,顺着车窗外滑下的水痕看过去，不远处山顶上的一排松树摇曳着。恍惚间，他感觉那排松树还在移动。他赶紧揉了揉眼睛，原来不过是幻觉。

车子慢慢地往前行驶着，大家都屏住呼吸，注视着前方。

雨越下越大，雨刮器不停地左右摆动着，突然，就在他们前方，整整半座山体瞬间坍塌！大雨裹着泥石流如一只肆虐的猛兽，疯狂地向下奔腾！那些松散的石头和树枝被它一路裹挟，使得它的身躯越来越大。

"倒车！后退！"李福江看了看模糊不清的后视镜，赶紧下命令。

吉普车赶紧后退！但在暴雨的拍打下，坍塌的山体，伸出一只爪子毫不留情地扑向了这辆小小的车子，将车子推进滚滚江水中。

在老家念高中的李福海就像有预感一样，那几天都心神不宁的。没几天就收到了一封电报：请李福江家人速速进藏！

李福海把电报反复看了好多遍，脑子里不同的声音响了无数遍，他拿着电报从县城一路跑回了家。临进门的时候，终于决定，电报的内容先不告诉年迈的父母，就由他来走这一趟！

坚强的女人

李福海从县城坐客车到市里就花了一天的时间。到了市里,在一个小旅馆里住了整整一周,四下打听怎么去拉萨,好不容易才联系上了一辆要去拉萨的货车。

货车从川藏线进藏。石子路颠簸,灰尘也重。每次司机一脚刹车,一股子灰便会涌进车里,车厢里的人就得赶紧伸手捂紧口鼻,顾不上的地方就全是灰。李福海坐在几袋大米中间,摇晃得全身发颤,时不时得靠着粗硬的麻袋战术性打个盹,延缓晕车的难受。更多的时候,他都会通过拱形的视窗好奇地向外张望,看着一座座山,一道道梁,一条条河慢慢后退,被汽车甩在身后越来越远。

大货车在高山上慢慢前行,当司机师傅突然声调高了几分,告诉他已经能看到布达拉宫了的时候,已经走了有半个多月的时间了。李福海可没有心情去欣赏布达拉宫如何雄伟,他下了车,就赶紧按照电报上的地址找到了哥哥的单位。

一片遒劲的左旋柳林里，石头垒砌起的几栋两层小楼，就是哥哥单位的办公地点了。房子很简朴，花岗岩按自然形状垒成的房屋，石间的连接处还呈现出了顺势的纹线，整体透着一股浑然天成的朴拙与坚固之美。

出来迎接李福海的同志，和他相互介绍后，一把抓住李福海的胳膊，重重拍了拍，然后带着他走进了陈设简单的房间里。

接待的同志给李福海倒了一杯热水，询问了一下他的身体情况，接着才把李福江牺牲的事情原原本本地告诉了他。李福海脑袋一下空白一片，虽然心里已经有了预判，但等到确认被告知的时候，还是本能地不肯接受，所以也不愿意相信。

他有很多问题想要询问，可又不知道从哪一个问起。接待同志便一直安慰他，帮他疏导情绪。接待同志正说着，外面传来了女人的哭声。接着，接待同志出去了一会儿，迎进来一位藏族妇女，妇女还牵着一个小脸圆乎乎眼神怯怯的小男孩。

"德吉坐吧。"接待同志给妇女倒了一杯热水，让她坐在了李福海旁边的座位上。

李福海这才打量了一下这位妇女。她瘦瘦高高的个子，穿着一件的确良衬衣和一条军绿色裤子。皮肤被高原的阳光晒得黝黑，却也因此透着几分健康的血色。她的眼睛正含着泪,如同高原的湖水般清澈明亮,还透出一种深邃和坚定的光芒。她乌黑的秀发编成两个辫子,又从后面扎到了一起,长长地垂到腰间。她粗糙的双手将那个四五岁的小男孩搂在怀里,不时轻轻拍着孩子瘦弱的脊背。

这应该就是李福江写信给家里说到过的嫂子和大侄子了。这个当哥的一直说忙,总说晚一点就带嫂子和孩子回家看看,没想到最终是在这样一个场合见面的。李福江在信里说过,嫂子是藏族人,有文化,会汉语,联谊会上认识的。今天见到嫂子后,果真透着一股知识分子的气质。

接待的同志给两边相互做了介绍,又把李福江牺牲的事情再讲了一次,并说出了这次请他们过来的目的:一是将抚恤金发给家人。二是李福江牺牲前不止一次向组织上提过,家里还有一个弟弟正在上学,希望他以后也能到西藏来,为西藏的发展尽一点力。

现在这种情况,组织想听一听李福海的意见,是否考虑留在西藏工作。

嫂子还年轻,哥哥的孩子还小,眼下最现实的问题就是他们要怎样生活。哥哥的那点抚恤金是肯定没办法一直支撑他们的生活。看着这样坚强善良的嫂子和幼小的侄儿,李福海做出了自己最重要的决定,接哥哥的班留在西藏，选择到道班做一名养护工人。因为只有他上班有了收入，他们才会有所依靠。

做好了这个决定，屋子里又进来一个腿脚不太方便的中年男人。他进来后向德吉行了一个军礼，又和李福海紧紧地握了握手，就匆匆离开了，像生怕在这一家子面前掉下眼泪似的。李福海后来猜测，这个人就是哥哥的战友鄢小波。

那天，嫂子带着李福海去了拉萨河边，那里有李福江的衣冠冢。当时的泥石流太过汹涌了，车子上四个人的遗体至今没有找到。德吉就根据汉族的习俗，用李福江的衣服，在拉萨河边立了一座衣冠冢。

拉萨河水漫过了河堤的鹅卵石，那清澈透明的河水，泛着白玉一样的波浪。太阳慢慢落山了，空中突然下起了一阵小雨。晶莹的雨水，一颗颗从天而下，叮咚叮咚地打在拉萨河波光粼粼的水面上，蹦起三五个小水珠后，便随着河水流向了远方。

德吉抱着孩子，对李福海说："没有一场雨会下个不停，不是吗？"

21 道班之歌

"你上班的地方就要到了。"

李福海被送到川藏线林芝到波密段道班的时候,他一路都打着瞌睡,听到一口河南口音的工段长提醒就快到了,他才睁开了眼睛看向窗外。车窗外一排排似乎不会有尽头的山在车窗的方框里起起伏伏,像是电影里慢摇的长镜头,不断出现在车窗前边,又消失在车窗的后边。

这就是哥哥修过的公路啊,这样崎岖险要,公路两边那十几米高的大石头,仿佛随时都会滚落下来似的。

道班的老式吉普车右转过一个九十度的大弯,河边半山腰出现两排房子,车子驶进了坝子里,李福海知道这就是他要为之战斗的地方了。

工段长陪着李福海到了道班,道班班长热情地领着他们往一间窗子上方有根烟囱,烟囱还冒着青烟的房间走去。透过均匀打着木格的玻璃窗,隐约看到里面有人影在晃动。

推开门，映入眼帘的是还算整洁的陈设，四张床，排列在屋子两边，屋子里三个年龄与李福海相仿的年轻人冲着他笑了笑，见后面跟着道班班长和工段长，三个小伙子一下站了起来。

"站在那干什么？赶紧过来拿东西。"道班班长一努嘴，示意三个小伙子迎接新成员。

房子的中间是一个铁皮火炉，此刻炉火正旺。

"给大家介绍一下，李福海，四川的，烈士家属，来我们道班，是我们的荣耀啊。今后大家就是工友了，要和睦相处，共同进步啊。"放下行李，工段长向大家介绍李福海说。

李福海腼腆地笑了笑，算是打了招呼。

"这是朱宏明，甘肃来的。"班长指向床靠近门边的朱宏明。

朱宏明伸出手，李福海愣了一下，把手在裤子上一擦，才伸出手，两人握了一下。

"这是石援朝，你的老乡。"

"这是扎西。日喀则来的，我们的支前模范。"

扎西挠了挠头，笑得比李福海还要腼腆。李福海伸出的手停顿了一会，便收了回来。

一会儿，另一位工友推开了门，端进来两碗热气腾腾的面片。

还没有吃午饭的工段长和李福海一人一碗,就算是对这位道班工人的欢迎仪式了。

工段长端着面,边吃边对李福海说:"可不要小看道班,不要小看公路养护啊!十八军进来,是把路修通了,可只是一个最基础的路面。如果不继续维修和养护,车来车往的,路压坏了不说,不知道会出多少事故呢!你是烈士家属,想必你也知道这条路的重要性。这不光是一条路,还是连接内地的纽带。保证路的畅通,也是保证讯息和物资的畅通!这是一条生命线啊!"

看着工段长呼噜呼噜地吃着面片,李福海也不知道该怎么接茬,只能频频点头。工段长吃了几口,又说:"道班工人不光是每天太阳出来上工,太阳落山下工,还会遇到各种复杂的气候和特殊状况,不管是大夏天还是大冬天,不管是白天还是晚上,只要在岗位就要服从安排,坚守本职工作,努力保持道路的安全和畅通!"

工段长的一席话,算是帮李福海在道班扎下了根。送走工段长,班长就安排石援朝带着李福海一起去干活了,也就是先适应一下道班的环境。

而真正的上工,其实是在第二天。第二天早晨,天还没有亮,李福海跟在石援朝身后啃了两个馒头、喝了一碗稀饭后,扛着铲子出了门。

走出道班大门,天就蒙蒙亮了。李福海边听着石援朝的介绍,边好奇地打量四周。

道班出来就是一条碎石路,这条路就是李福海未来的服务对象。路面全凭人工巡路养护的方式排查隐患,保障道路的畅通。为了方便养路,每个道班的养护里程都是10千米,为了提高工作效率,道班的房子都建在养护里程的中间位置。

上路后往右有一小片空地,山上山下全是茂密的树林,石援朝说附近村庄的村民会到树林里来采蘑菇。走出道班,站在陡峭的河岸上,狭窄的河床中,河水哗哗地响。很有劲道的河风就从那哗哗的响声中升上来,让人有了可以凭借这股力道飞腾起来的感觉。但那仅仅只是一种感觉。

石援朝看着跟在他身后显得老实巴交的李福海,油然升起一股"大哥"的派头和感觉,这感觉让他自己都想笑。他压制住这奇怪的心理,才转身对李福海说:"小海,把值钱的家当像我这样包起来,看着,这么系在身上,出工干活都不碍事,还安全。

"为什么?"李福海不明白。

"我们出工后,住的地方随时都有被泥石流淹没的危险。把值钱的家当随身带着,比较安全。比如你发工资了,就这么放。你家里也会等着寄钱回去吧,大意不得。"石援朝算是先把他认为最重要的事情交代好了。

李福海想到了自己的父母还有哥哥留下来的遗孀和孩子，点了点头，但是一想，眉毛又皱起来了："可是我没你那种袋子啊。咋放身上呢？没袋子放。随便放在身上也不方便，影响干活儿吧？"

石援朝停下了脚步，转身看着李福海，若有所思地点了点头："也是，你没袋子，还没放东西的经验，要是丢了才不划算呢！我看这个样子，你要是信得过我的话，在袋子做好之前，你放我这里，我从来没丢过钱的哟。你要的时候我再给你。"

李福海一听，如释重负地笑了："那就太好了！援朝，你这人真好……"

两个人都笑了，聊着天往前继续巡路。

脚下的这条石子路，从康藏公路已经改名为川藏公路，后来经过修整，又改叫国道318线了。这条路穿过了一座座美丽的山脉和峡谷，可以看到大量的原始森林、高山草场和美丽的花海，以及数不清的水流。

石援朝带李福海巡的那一小段路在林芝下去一点，公路从一座再平常不过的山腰上穿过。公路其实坑坑洼洼的，这样的路面和他进藏坐车时看到的差不多，遇到大坑小凼的，就需要养路工人修整修整。

"上午从成都那边来的车少得很，倒是去成都那边的车比较多。"一辆车经过后，石援朝给李福海解释说，

"下午,过来的车辆就要多一些了。中午这段时间最安静,可以坐下休息一会儿,把带的干粮吃了,也可以到山上采一些野果子野菜啥的吃。"

"野果子野菜咋吃啊?"李福海一愣。

石援朝又笑了:"野果子可以生吃。野菜嘛,当然是带回去煮了吃啊。又不是野猪,还能直接生吃野菜啊!"

"这里还有野猪啊?"

"不光野猪呢,还有狐狸、野羊、狼,对了,还有熊。这个熊,可惹不起的。之前就有大黑熊去村子里找吃的,遇到有人拦它,一巴掌上去就伤了人。所以天黑我们就得赶紧回去。记住了,安全第一。"

无论石援朝说什么,李福海都点头说记下了。石援朝带李福海巡了一天的路,两个人的关系就热络了起来,石援朝还教李福海处理了一处涵洞旁边的积水。太阳快落山的时候,道班的接送车过来,大家陆续上了车,石援朝把座位让给了李福海,自己就直接站在了驾驶室的踏板上,跟大家唱着歌,一起回到了道班。

这个道班总共才5个人。回来后,大家就齐心协力把炉子升起火,一起洗菜做饭,品尝着中午采摘的野菜。这样的团体生活,李福海没过多久就适应了。在这样一个封闭的空间生活了一段时间,大家互相之间变得像家人一样,这也让李福海从失去哥哥的悲伤中走了出来。

在辛勤劳动之余,他们还会组织一些娱乐活动。做得最多的就是聚在篝火旁边,大家轮流唱歌。有唱民歌的,有唱戏曲的。朱宏明会拉二胡,他一拉,那个二胡的声音就如泣如诉,哀婉低沉得很。

欢快的氛围一下就会变得低沉。李福海这个时候也会想家,更多的时候想的都是哥哥,以及嫂子和侄子过得怎么样。他的心里就会期待早点发工资,脑子就开始盘算,该怎么把发的工资安全地交到他们手上去呢。

22 老乡普布大叔

李福海所在道班养护的路段算是比较好的位置了,但对于他一个内地人来说,因为海拔高,空气稀薄,还是正常步行都会感觉呼吸困难。

补坑槽、整修路肩、铺油罩面、冰雪抢险……这都是体力活儿。以前这个道班也分派过新人,但因为每天要做的事太多,工作环境艰苦,食物没有保障,还需要自己上山挖野菜,在他来之前的两个新人都没坚持多久就离开了。

李福海来的时候,看他瘦弱的样子,大家生怕他坚持不住,对他总是格外关照些。李福海也是争气,强烈的紫外线把他的脸晒得黝黑,高强度的工作把他手上磨出了老茧,他也没吭气。

石援朝最担心他留不住,干活帮着他,好吃的让着他,直到看到李福海抢着干活,他才确定这个小子真的会留下来。

为此，石援朝主动要帮他保管工资，把他的工资安全看得比自己的还重，听到他想把工资捎给他在拉萨的嫂子和侄子，就一口答应下来。谁叫这小子一来，就是他石援朝带着上路的呢？这小子有情有义啊，只要是这小子的事，任谁也会上心三分帮帮忙啊！

这个小小的道班虽然人少，但够团结！他们平时就是勤勤恳恳工作，严格遵守纪律，从不到外面惹是生非。刚开始附近的村民还有些畏惧他们，躲着他们，不跟他们接触。后来时间长了，见这些人天天就围着一条路转，修修补补，还会帮助路过的车和人，就慢慢对他们有了好感。有胆子大点的村民也会好奇地到道班瞅瞅。先是隔老远看看，然后走门口瞧瞧，道班的看到了，就拿出好吃的好喝的把人请进院子里，慢慢便处得像朋友一样。

自从路上跑的汽车多起来以后，有司机开车到道班坝子里加水歇脚，一些村民就像算好了时间一样，跑过来围观了。胆子大的还会走近问一问，这个庞然大物是个啥东西？然后伸出手摸一摸。

会藏语的扎西就告诉他们，这个庞然大物不仅能拉货还能拉人，比千里马跑得还快呢！

老百姓就觉得很稀奇，就会问，这家伙吃什么东西跑得这么快的？

扎西就会幽默地逗一逗老乡：吃的啊，是灵丹妙药，当然是好东西!

老乡用疑惑和好奇的眼神围着汽车转来转去,也会指指点点,互相议论着这个奇特的东西是什么,它是如何动的。

后来,经过道班的推荐和帮忙,村民里有几个小伙去了某个货运公司做学徒,村子里还真出了几名司机来呢!

跟道班工人熟络了的村民,有时候还会带着自家酿造的青稞酒、自家做的酥油茶,还有风干牦牛肉到道班院子里坐一坐,看看道班有没有什么需要帮忙的。道班也会送一些压缩饼干、水果罐头、午餐肉、手电筒之类的作为回赠。村民还喜欢抢着帮道班干活,这是最让道班头疼的,因为他们有规定,不能给老百姓添麻烦,但是老百姓也是一片好心,所以总要绞尽脑汁委婉地拒绝,以维护大家的关系。

因为西藏的气候原因,高山公路很多路段适合养路作业的时间只有小半年。李福海他们这段路相对海拔要低一些,气候要好一些,作业时间也要长一些。但特殊天气和地质条件的原因,养护工作面临的突发状况也格外多。

每当雨季来临时,经常发生小型塌方。对李福海他们来说,刚清理完这处,又得赶到另一处进行抢修,总是有干不完的活儿。每当这个时候就是和大自然抢时间,一丝懈怠都可能引起国家资源和老百姓生命财产的巨大损失。大家总是争分夺秒地抢险，体力也经常消耗到虚脱的边缘。

又是一个暴雨倾盆的夜晚，突然的降雨让道路变得泥泞不堪，一处涵洞发生了堵塞和坍塌，如果不及时梳理，公路沿线的地表水泛滥淹没公路，依靠在山崖边的路基一旦松动塌陷，后果将不堪设想。

不等雨势转小，李福海和工友们拿着工具，便匆匆赶往了堵塞的涵洞。

大雨中，只能靠人力对涵洞进行清理、疏通和重新搭建。大家齐心协力好不容易把倒塌的涵洞建材梳理到一边，一股大水下来，将山上的断木和垃圾冲到路面，几乎等于前功尽弃！

这个涵洞不是挖不通，说到底，是道班人手太少啊！但身为道班工人，是不可能退缩的！任狂风在耳边呼啸，任大雨打在脸上，五个人咬紧牙关和恶劣的天气做着殊死搏斗。

可是风太大了，吹得五个人往后滑，他们只好胳膊挽着胳膊，以免滑下公路，坠下悬崖！

五个人为了自身安全，不得不相互搀扶在一起，有的半跪在地上，有的趴在地上，有的用手拉住旁边的低矮的灌木……

在五个人最无助的时候,一束手电筒的光照了过来。

那是……那是普布大叔?对,是普布大叔!就在上面村子里住的普布!

可普布大叔过来看到五个在雨中的小泥人,转身就走了。

"咋就走了?"

"可能是太危险了。"

"是啊,随时都会有危险的。"

可大约半小时后,那束手电筒的光又出现了,普布大叔再次冒雨赶来,他的身后带着附近村子里的一帮壮小伙!普布大叔带着小伙子们使用农具,有模有样地加入到了路面的保卫工作中!

风小了,雨住了。一场道班工人和村民配合的战斗完美收官!

看着大家的劳动成果,普布大叔诚恳地给出了自己的建议:养护道路,还要熟悉这里的地形特点、气候特点、土壤特点,要防患于未然!

普布大叔的行动和见解,得到了大家的一致首肯和尊重,道班工人们在学习当地环境和文化方面,也就此找到了一位好老师。随着时间的推移,道班工人们也不再被老乡看作外来者,而被真正接纳,并称他们为"大山的守护神"。

23 车祸救人

夜晚来临,道班院子里的灯相继亮了起来,眨巴眨巴的眼睛,又一盏一盏地闭上。李福海躺在床上,翻来覆去,怎么也睡不着。

来到道班已经发了三次工资了,石援朝也帮忙托人带了两次工资给拉萨的嫂子和侄儿,可都是过了半个月又原封不动地退了回来,说是地址没错,可人已经搬走了。

要从道班去拉萨,远是远了点,说不容易也很容易,在路旁一招手,见是道班工人就会有汽车停下来,捎上一段路。李福海已经请好了假,要亲自跑一趟,到拉萨大街小巷挨个找找问问。

第二天一早,李福海就在路边等着了。刚好有一趟货车要去拉萨,和司机师傅一说,往货厢上一爬,就出发了。

这才多久的时间,拉萨的变化就这么大了。他记着嫂子住在布达拉宫前面的一片棚户地带,现在这里搬得差不多了,说是要把这个地方空出来修整成一个大广场。怎么办呢?只能去问问这里的人家大概会搬去哪里,再跟过去挨家挨户地问。可是问了很多找了很多地方,就是没人知道这娘俩去了哪里。

找协助搬迁的工作人员也问过,并不是每家每户都按政府的调度搬迁,有的人家也会去其他地方居住,甚至去了内地,那这娘俩该不会是去内地了吧?想一想,侄子也到了该上学的年纪。

在拉萨转了一大圈回到道班,李福海还是不死心,又想了各种办法托人在内地西藏的教学点询问,但始终没有这娘俩的音讯。李福海就像心里有块大石头一样,压得他喘不过气。

没办法,人还是得一边找着,道班的工作也得一边做着。日子也就这么一天一天地过去,从树叶黄了,到树枝挂雪;从小草冒芽,到草地开满了美丽的邦锦梅朵。

这天,如往常一样,天刚亮,朱宏明就敲响了挂在大树上的氧气钢瓶,随着一声声脆响,李福海一骨碌从床上爬了起来。

"这么早啊。"石援朝也嘟囔着开始穿衣服。

"太阳出来前,天气凉爽好干活儿。等太阳出来那不热死人了。要平安,得畅通,桥畅路通行如风,老桥常修桥不老,老路常铺路更行。"穿好了衣服的扎西开始练嘴皮子。年前扎西参加了交通系统文艺调演,他说的快板得了三等奖,之后就跟着了魔一样,随时随地都要表现一下。

"你能行,你能说,哥们我也来一个——养路工人不简单,晴吃土,雨啃泥,早出晚归耐寂寞,不简单那个保护路,甘做地上那个铺路石,铺路石那一个个,你一个呢我一个,快点上工吧,别啰嗦!"石援朝随口吆喝了几句,诙谐的语调把大家都逗乐了。

扎西的快板说得也好,但是一比较就总觉得不如石援朝,怎么年会让扎西参加文艺表演而不让石援朝去呢?李福海心里嘀咕着。

李福海将头一天晚上剩下的米饭,用开水泡一下,就着一些泡菜,一起喝下肚,就算是早饭了。他推着放着铁锹、铁铲、十字镐的架子车,跟在挑着铁皮簸箕的石援朝身后,出了门。朱宏明是最慢的,因为他每天都要提一盒饭,那是他老婆给他做的午餐。除了扎西在家已经结了婚,朱宏明就是道班里最早结婚的了。也就去年回老家探亲,在老家相了个亲,赶着时间把喜事一办,就把老婆从老家带来了。朱大嫂子人长得结实,肯吃苦又能干。自从朱大嫂子来了之后,整个院子的卫生情况明显好转,兄弟们跟着朱宏明沾光,伙食也好了不少。

朱宏明每天的午饭都是朱大嫂子亲手给准备的，每次出来，他也是分给大家一起吃的。小小的道班，就从最早的五个人，随着有新人加入，还有人结婚，有人生娃，院子里人就慢慢多了，也更加热闹起来。

跟在朱宏明后面，扎西推着架子车也出来了。架子车里放着铁锅、烧水壶。丁零当啷地颠簸着，好像又找到了配乐的节奏，又练起了嗓子："干部职工上前线，不怕太阳照，不怕汗水冒，不怕大雨浇，不怕雪花飘，不怕冷风飚，不怕热浪愁，不怕尘土扬，不怕砂砾烫，不怕灾，不怕难，不怕不怕全不怕，一切困难踩脚下！"

"扎西，你好好练练，等年底汇演，拿第一，为我们争个光、出个彩。"石援朝鼓励他。

李福海就忍不住多事，悄悄问石援朝："你咋没有参加这个文艺汇演呢？"

"扎西的汉语说得不错，我们道班有他参加，藏族同志有说汉语的优势，可以多得两分。"石援朝解释道。

"你的藏语不也说得很好吗？你俩一起弄个节目，你说藏语，他说汉语，不是更好吗？"李福海随口说道。

谁知这话被走过来的朱宏明听到了，他茅塞顿开地一拍脑袋："对呀，这种形式不是更加分吗？"说完，就拉着扎西和石援朝两人一块，当即就开始商量今年汇报演出的形式。在朱宏明语言战术的攻击下，没聊一会儿，扎西和石援朝就达成了共识，要一起弄一个藏语加汉语，藏族加汉族，藏汉团结的这么一个节目来。

这两人还真不是随口这么一说。随后几天，两人就天天泡在一块儿，合计上了。本来石援朝是和李福海一起搭班子巡路的，结果为了和扎西商量节目，倒去和扎西一个班了。两个人整天形影不离，朱宏明说他们有戏，这次肯定会取得一个好名次。

两个人的节目有了一个雏形，又开始商量着要去市里买戏服了。道班当然全力支持，这就是要给道班添光加彩的节奏啊！班里立刻批了经费和车辆，表示全力支持。他们去县里那天，道班里还有几人也跟了过去，一趟车把道班平日里需要的物资给采购回来。李福海受命留守，也算安排得妥妥当当。

夏季的林芝到波密段公路时常下雨，一下雨除了路面湿滑，李福海感觉屋里屋外，包括全身上下，甚至床上的棉被都是湿漉漉的。

每当这个时候，李福海的心里就会想家，想家中年迈的父母，想过世了的哥哥，还会想起嫂子和侄子。最难受的就是想到嫂子和侄子，就这么没了音讯，也不知道他们靠什么生活，不知道日子过得怎么样。想得多了，他的心里就无端地升起惆怅，见到雨地里独自行走的绵羊、牦牛也觉得可怜,心里也湿漉漉的。

照旧出门巡路一天,回到道班,才想起今天人都去了县里,格外地冷清。朱大嫂子守着一锅在火上炖的牛骨头,也没去县里。李福海回来的时候,朱大嫂子已经给他在屋前放了一大碗牛骨头汤了。朱大嫂子以为吃啥补啥,天天外面风里来雨里去的大老爷们儿,就该多补补骨头。

骨头汤泡饭,李福海随便应付了一下晚饭,等天黑了,在淅淅沥沥的雨声中,李福海早早就睡下了。一躺下就又开始把老家、爸妈、哥哥还有嫂子和侄子又想了一遍,终于迷迷糊糊有了睡意,好不容易心静下来,突然被道班大门传来的一串急促的拍门声惊醒。起初还以为在做梦呢,打起精神来尖着耳朵一听,还真是,这样的拍门声,一定是出了什么事。

由不得多想,李福海一骨碌爬起来,披了件外套,拿起手电筒,匆匆跑出门,还没到门口,便问:"谁呀?什么事?"

一个女人半带哭腔的声音从门外传来,李福海也没听清说了什么,赶紧打开大门,举着手电筒一照,只见一个女人蓬乱着头发,满脸是血,那血还顺着雨水往下滴,样子怪吓人的。

"同志,帮帮忙,出车祸了!"女人的声音又虚弱又委屈。

李福海也顾不了那么多了，赶紧把身上的外套脱下来盖在那女人的头上，问："出了什么事？"

"车翻了。"说到车翻了，女人就抽抽搭搭哭了起来。

"别慌，别慌！到屋里说！"李福海定了定神，扶着女人往院子里走去。

"哪里翻的车？说清楚了，我们马上组织人去营救。"

"不知道，我走了好久才走到这里的。"

看着说不清状况的女人，可把李福海给急坏了。朱大嫂子和两个没去县里的工友听到动静都赶了过来。好像人多给壮了胆，女人喝了几口李福海给她倒的热水，终于呜咽着把车祸经过讲了个大概：她是村里的会计，跟着司机去城里采购建筑材料。他们的车在路上正常行驶，突然在路中间跳出来一只野鹿，司机连忙躲闪，结果不知道为什么就撞到了一棵树上。然后车就从路基边上翻了下去，天旋地转地翻了几个跟头，司机一下就失去了意识。她也随之晕了过去。当她醒来后发现车已经掉进路边的山沟沟里了，一只手冰冷地搭在她身上。她的半个身子靠近车门，但有安全带绑着，人还没掉下去。她赶紧把安全带解开，去摇司机，但摇了半天也没动静。于是她就怕了，这时天也黑黢黢的，她也不敢哭，怕把野兽给招来。她知道川藏公路沿途都有道班，便拼命挣扎着离开了副驾,毫无方向地走着,直到她看见了路边道班的灯光,才知道找对了地方。

女人说着说着又哭起来:"求求你们,救命啊,去救救他吧。救命啊!"

朱大嫂子是个心肠软的,听她讲完,眼泪也跟着下来了,坐到女人旁边,安慰着。

事不宜迟,李福海赶紧组织了在道班值守的人赶往现场。女人像看到了希望似的,吵着也要跟去,但没走两步就虚弱得脚下一软,跪了下去。朱大嫂子赶紧搀扶着她,劝她不要耽搁了抢救的时间,女人这才安静下来。

根据女人的描述,李福海预判了出事的地点。几个人背着绳子、担架跑了二十多分钟,果然发现了翻车的痕迹。大家二话不说,麻利地沿着痕迹,从江边滑了下去。

那是一辆大货车,车上拉的是建筑用的钢筋,钢筋随着货车的翻滚散落一地。跟着翻车痕迹,车子是找到了,可是里面的人早已经停止了呼吸。

那是一个不眠夜。是那个女人的不眠夜,也是这个道班的不眠夜。

第二天,车子的打捞、钢筋的处理,还有车上尸骸的转运,都是李福海帮忙处理的。等到一切都打理妥当,女人也跟大家告了别。大家看得出，她的眼神里全是对李福海的感激。

女人走后，道班的工作和生活照旧继续着。只是，大家会拿李福海开玩笑，说那女人走的时候看李福海的眼神都不一样，还频频回首的，怕是哪天还会回来吧。

李福海知道那些就是大家故意逗他的玩笑，他哪会信。但夜深人静的时候，他的脑海里总会蓦地出现那双眼泪汪汪的眼睛。

这样的玩笑开了一段时间，过了新鲜劲，就觉得没什么意思了，谁又会当真呢？大家也就都忘记了。

又是一个寻常的日子，道班的兄弟们还和往常一样结束了一天的工作，说说笑笑走回了道班。

可到院门口一瞧，今天是个什么日子？院子里就像过节一样，飘出了佳肴的香味，一院子的人都在说说笑笑。

特别是朱大嫂子，嗓门本就大，那笑声老远就能听得到。朱大嫂子看到站在院门口的工友们回来了，干活的双手在围裙上擦了擦，扭着欢快的腰肢就迎了过来。但却不是去接朱宏明手上的工具，而是把李福海手上的家伙接过去，递给了朱宏明，然后抓住李福海的袖子就往院子里拉。

什么情况？李福海那是丈二和尚摸不着头脑，转头

看着同样一脸懵的朱宏明。

朱大嫂子一改往日的矜持，使劲拍了拍李福海的肩膀，对他努努嘴，让他往院子里唯一的那棵苹果树下看。

只见院子中间，苹果树下，站着一个女人。她穿着一身干净朴素的棉服，双手拉着衣服角不安地揉搓着。一看到李福海腼腆地笑了笑，脸一下就红了，接触到李福海目光的那一刻，赶紧低下了头。

这不是上次搭救过的女人吗？她怎么来了？她来干什么？她怎么会出现在这里？

瞬间，院子里的人全都明白过来，大家鼓起了掌。

"不是，这个，不是，我……"李福海不知道怎么解释，也不知道说什么好。

工友们倒是围了过来，一人给了他一拳。

"我真不知道。她叫什么名字都不知道呢。"李福海又解释。

"我叫蒋凤莲！"女人脆生生地回答完，抬起了头，眼神里没有一丝畏惧。

朱大嫂子捂着嘴一笑，把女人往前推了推。

那天的道班院子格外热闹，小小的道班敞开了心扉，拿出了最高的诚意和热情欢迎新成员的到来。不光是来了一个蒋凤莲，第二年他们还生下了一个女儿。只是女儿的心脏不太好。

女儿生下来后，蒋凤莲就一直低烧不退。当时她是在市里医院生产的，产房就挨着婴儿室。蒋凤莲自己身体还没恢复，就像有不好的预感一样，每隔一会儿时间就挣扎着起来，去看女儿。她看到女儿又小又瘦，头发稀少，就像一个小老头一样，心里满是担忧。李福海宽慰她，长开了就好了。蒋凤莲哪里听得进去，还是隔一会儿就去看女儿一眼。结果有一次，看到女儿突然抽搐了一下，嘴里还开始吐奶，蒋凤莲一下慌了神，觉得天要塌了一样，喊叫着医生来救命。

负责给蒋凤莲接生的王医生带着前来支援的内科主任匆匆跑过来，将蒋凤莲推到了婴儿室门外。

李福海扶着蒋凤莲在婴儿室外站了很长时间。蒋凤莲没有哭，但是紧握的拳头，指甲都陷进了肉里面。突然，两人听到里面叫了一声，然后说不抽了。两人呆呆站着，就像傻了一样。护士长打开门，摸着胸口点了点头，蒋凤莲松了口气，身体无力地瘫了下去。

李福海把蒋凤莲扶到婴儿室，让她看着孩子。李福海才跟着医生护士询问病情。医生告诉李福海，小孩极度缺钙，打了针控制住，小命算是保住了，过了鬼门关了。但是小孩的心脏还要进一步检查，医生怀疑有先天性心脏病。

刚松了口气的李福海，头上又是一道晴天霹雳。等母女俩出院后，便立刻送孩子去做了一个心脏检查。和产科医生判断的一样，这孩子果然有心脏病，这种情况虽不致命，但不适合再在缺氧的高原生活了。

孩子才两个多月，又是缺氧，营养也不够，李福海的工作也忙，连给带孩子的蒋凤莲搭把手也办不到。这时蒋凤莲身体也稍微好转了一点，两夫妻一商量，决定把孩子送到内地乡下外婆家，让她在那个地方好好长大。

25 鸿雁声声

爷爷好像讲故事讲累了,靠着座椅闭目养神。李远昌把座椅放低了一点,又降低了车速,在蜿蜒的公路上蜗行。

又转过几个弯,车子渐渐向上驶入地势相对平坦的河谷地段,老爷子小睡了一会后醒了过来。又说了一次车轱辘话:"在西藏和平解放之前,世界屋脊的西藏,还没有一条真正意义上的公路。从拉萨到内地有两条路,一条通往四川成都,一条通向青海西宁。无论你走哪一条路,运送货物全靠人背畜驮,往返一次,少了说要半年,其实一年也是很平常,要是遇到大雪封山,那就甭想过去……"

看来爷爷脑子里全是修路的故事,李萌萌就逗他:"爷爷,您刚刚睡着了,说梦话了。"

"哦,我说梦话了。"老爷子重复道。

"是啊,您说了。您说了这些信都是您哥哥写的,都是写给您的!"李萌萌提高了嗓门,说完之后等待着爷爷的回答。

可是爷爷却沉默了,就像刚睡醒脑子还在空白状态,好一会才挤出一个字:"信……"

"对啊,爷爷,信!"

"信……哦,信。萌萌,你猜到什么了?"

"这些信,都是您哥哥李福江写的,都是写给您的!您就是那个菜头!"

李福海跟着脑海里的蛛丝马迹在努力回忆,半晌他才恍然大悟,然后对李萌萌说:"不对,不对。萌萌,你再找找看,这些信里头,是不是有的是写给菜头的,有的是写给小菜头的?"

听到爷爷这么一说,李萌萌赶紧把搂在怀里的铝盒打开,仔细查看了一下,果然,压在下面的还有一些信是写给"小菜头"的,虽然一字之差,但写信人和收信人应该都变了,因为字迹也不一样了。

李萌萌取出其中一封,读了起来。

小菜头:

今天一早起来,推开门一看,外面白茫茫一片,原来昨晚下了一场大雪。

我们的工作不会因为天气的变化而停止。我穿好了厚厚的工作服，在道路两旁摆放的柴火上烤着手，等待其他成员的到来。我的道班工友们，没有人迟到也没有人请假，按时集合出发了。

我们先是用冰钩和拖把清理冰雪，保证路面的平整和通畅。如果路面上有很厚的冰层，我们会用到特制的除雪工具。清理完积雪后，我们会撒上一些干沙，干沙的作用是帮助路面减少结冰的可能。如果道路坡度陡峭，我们还要将路面划分成小格，以增加车辆与路面的摩擦。我们还要巡逻道路，及时修补桥梁和路面裂缝，确保每个路段的安全。

小菜头，你看，这些修路的方法，其实几乎涵盖了所有做事的方法，那就是目标明确，具体情况具体分析，逐一解决攻克。

虽然我们面对的是寒冷的极端工作环境，但大家始终有旺盛的工作热情和务实的工作态度。这是为什么？情感、信念还有责任心啊！

我们出工，一般需要持续到天黑才会结束。因为一旦我们以养路工的身份走上我们负责的公路，那我们就有责任和义务，尽我们所能，维护好路段畅通，保障好出行者的安全，不得有懈怠。我们是渺小的，但在精神世界里，我们无愧自己的职业，无愧操守，能做好建设国家的牢固基石，小小道班工人也是伟大的！小菜头，具有伟大的精神，掌握做事的方法，无论在哪里，无论在哪个工作岗位上，你都能成为一把好手。

……

干豇豆
1981年10月20日写于回道班的车上

　　李萌萌读完信，新的疑惑又来了。她本来已经能够确定"菜头"就是爷爷李福海，"泡豇豆"是爷爷的哥哥李福江，可是后面的信，又突然出现了"小菜头"。"小菜头"又是谁？"泡豇豆"变成了"干豇豆"，"干豇豆"又是谁？他们之间又有什么关系和故事呢？

　　李萌萌又快速浏览了一下其他信的内容，大都是讲道班的故事，以及带着关心的口吻或说教或启迪人生。李萌萌好奇地要爷爷公布谜底，可老爷子就是要卖关子。

　　"那个时候，大家住在一起，这要是哪个人来了家信，大家都会叫他赶快给读一读，一起听，好像自己也收到信似的。收到一封信，是多么开心的一件事情。能有人惦记着，那感觉都是幸福的。萌萌，想知道答案，就自己找线索，自己找答案吧。"

　　好吧，自己找就自己找！爷爷葫芦里到底卖的什么药呢？

　　从芒康出来到左贡，天逐渐就黑了，李萌萌脑子里因为装进了一个大大的问号和很多个小问号,所以感觉还很精神,有一搭没一搭地和爷爷聊着天,一直想套他的话。李远昌建议找个地方先住下来,但爷孙俩都表示不同意,于是车子就继续慢慢悠悠地往前开。

再往前,就到了东达山山上了,半山上可是没地方住的,想找个歇脚过夜的地方,就必须要翻过山。为翻山做准备,李远昌在一处有公共厕所的临时停车点停了下来,让大家先上个厕所,再继续赶路。

停车的一小会儿工夫,一辆贴满了花花绿绿贴纸的越野车停在了李远昌车子旁边,摇下车窗,和正要启动出发的李远昌他们打招呼。

越野车主二十出头的样子,说是内地过来,想进藏从318到219走个旅游线路到有莲花秘境之称的墨脱去看看。小伙子说,墨脱这条公路通车可不容易啊,这样有传奇色彩的公路和传奇色彩的地方,他已经想去很久了,这下终于有了时间。小伙子车上还拉了两条狗,看起来都很温顺。小伙子说,他没走过318,晚上开夜车也没多少经验,上东达山就想找辆车跟一跟,这样安全点。

李远昌还没说话,老爷子先热情地同意了,说:"小伙子,你就跟我们后面,跟紧了。"

十月刚过,晚上已有霜冻。有些拐弯的地方已经有了暗冰。李福海就夸小伙子找一辆车跟着是对的。车往上行,大家都有些累了,都不想说话,车厢里静悄悄的。山就显得格外地安静,空山无鸟鸣就是这样的感觉。路上除了李远昌的车开在前头,越野车跟在后头,就没有车经过了。李萌萌在车内偶尔能听到野生动物的声音,爷爷说像狼叫。李萌萌也不害怕,就觉得很新奇。爷爷说,修路的时候野生动物的叫声那才叫多呢,现在野生动物都需要保护了。

到了山顶垭口,两辆车在平坦处休息了一小会儿。李萌萌下车看到月亮星星感觉特别亮,也特别冷。山谷空荡荡的,偶尔一声野兽的叫声从远处传来,让人有不知身在何处的感觉。那小伙子也抬头看了看星星,就开始喂他的狗。一条大点的白色的像藏獒,另一条是一只半大的狗,像柴犬。

翻过东达山就到了左贡。小伙子一脚油门开到李远昌前面,把李远昌截停,然后向李远昌和李福海表达感谢,又送给李萌萌一个小狗玩偶。

他感谢李远昌带着他走过了翻山的夜路。他说他以为会很难走,没想到路况还好。李福海劝他跟他们一样住在左贡,第二天再走。小伙子笑了笑,就和一车人告了别,消失在了夜色里。

李福海看着离开的越野车,感叹道:"人在旅途就是这样,都是相遇后一起走了一段路。遇到的时候要珍惜,离开的时候才无悔啊!"

李萌萌听完爷爷的絮叨,茅塞顿开:"爷爷,您这说话的口气怎么和写信的'干豇豆'一样?'干豇豆'就是您吧?"

李福海没说话,李远昌倒有些得意地笑了。

25 怒江大桥

自从进藏之后，李福海的身体不仅没有出现高原反应，还更加健朗了起来。他因为长期在藏生活，早年就得了痛风，发作的时候脚趾关节就会肿胀，走路都成问题，所以退休后身边常备着轮椅。这次进藏后，轮椅用了几次，他就嫌坐轮椅麻烦，非要自己走路了。在左贡住了一晚，第二天他最早起来，就已经在宾馆院子里活动了。等李远昌和李萌萌起来找他的时候，他得意地踢踢腿，炫耀自己的老当益壮。李远昌都在感叹，这人活着，真是得有一点精神上支撑的东西，精气神一提起来，人的面貌还真不一样。

三代人在宾馆里面吃了一个藏式的早餐——藏面、藏鸡蛋加油饼子，吃得全身热乎乎的，然后又继续上路了。

进入十月的左贡县城还没有下雪，但可以看到远处的皑皑雪山。过了左贡再往前走，虽然海拔很高，但是地势相对平缓，李远昌稍稍提了一点车速。经过地势宽缓、水草丰美的邦达草原的时候，远处刚刚下完一场雨，美丽的彩虹从还未消散的云层中连接到草原的边际线。从来没见过这样的美景，李萌萌兴奋地拿出手机拍个不停。

李远昌赶紧见缝插针地向女儿进行科普：邦达草原地处昌都地区三江流域的高山深谷中，是澜沧江与怒江之间分水岭——他念他翁山主脊上的一个宽坦山源盆地，平均海拔在4200米以上，长约80多千米，宽约20千米。这块草原是西藏较为优良的天然草场，畜牧业比较发达。独特的草原环境也使这里成为许多重要药用植物的主要产区，诸如贝母、人参果、大黄、大叶秦艽和红景天等，其中最知名的是冬虫夏草，十分名贵。此外，这里是过去著名的"茶马古道"必经之地，有着丰富的历史文化底蕴……

李萌萌就像听不到老爸在说什么一样，拍完美景，只顾翻看着相册里的一张张美丽的照片，突然心里有些惆怅，忍不住叹了口气，对老爸说："以前有什么好看的好玩的，我们都会相互分享。"

"'我们'是谁？"李远昌配合地问。

"你知道的！"李萌萌白了前面的李远昌一眼。

"现在呢？"

"你知道的，拉黑了啊！"

李远昌笑了笑，等女儿情绪平缓了一点，才说："不是因为你们两个人是完美的,才做了朋友,而是说得来,因为投缘才做的朋友,是不是?"

"嗯。"

"那就对了嘛。能够长久做朋友,肯定是会遇到考验的,大家都有点个性,也会犯错,甚至产生误解,就看你们怎么去相处。沟通很重要,如果你觉得是她错了,在拉黑前,至少你要给对方申辩的机会,对不对?朋友,就像衣服一样,不能没有,不然会冻坏的。但是你要知道,温暖你自己的,始终是你的体温。"

"老爸,你这思想政治课上得好有高度哟。"李萌萌用夸张的口吻感叹。

过了邦达草原后,最不好走的是下业拉山,那是横断山脉和青藏高原的结合处,是横断山脉最后的也是最大的"天险"。从业拉山垭口到海拔约2800米的怒江河谷,30多千米的路段落差1800多米,是国道318线上最危险的路段之一,这段路由于坡陡、弯多,被往来的司机称为"天路72拐"。实际上成都到拉萨的下拐更多,远远不止72个。

在海拔约4600米的业拉山上,李远昌把车停了下来。午后的阳光照耀着寂静的大山,三个人往下俯瞰,怒江水就像一条银色的飘带,在阳光下闪闪发光,蜿蜒地往山脚流去。李福海站在路边看着绵延的山峦,看着山下奔腾的怒江，对萌萌说："怒江大桥是川藏线的心脏位置，十分重要。这里还有一个小战士掉水泥里牺牲的故事。说的是当年用水泥修建怒江大桥的时候，夜里需要检查水泥凝固的情况，一名年轻的士兵去巡检，不小心掉进了还没有凝固的水泥桥墩里面。当战友们发现他的时候，已经只剩下一只手露在外面了。当时的条件无法打捞，只好把他永远筑在了桥墩里面。所以往来车辆每过怒江大桥，就会鸣笛致敬。"

"真是太感人了。"李萌萌说。

"这一路都是故事啊，有时候我就在想，像你们还能听老一辈人讲讲。再往后呢，是不是就真当作是故事了。这些人，这些牺牲，还有谁记得？那些舍生取义的精神，还会延续吗？哎。听说怒江有一处悬崖壁上，有一幅叫作'排长跳江图'的壁画，我也一直想求证真假。走，我们看看去。"李福海说完，带头上了车。

"爷爷，'排长跳江图'是什么意思？"

"说的是当年十八军战士修路修到了险峻的怒江边，要想把路修通，就必须在怒江上架桥。可是你想啊，这样一个危险的地方，又不像现在有专业的架桥设备，该怎么办呢？困难没有吓倒他们，没有难倒他们啊！战士们就每天带着施工设备和材料爬上四千多米的山顶，从上面放下来一条条十几米长的绳索，搭成软梯，再由爬上去的战士悬空往山体打炮眼以固定软梯,将两边的软梯接通,这样来搭桥。在悬崖峭壁上作业,危险性相当高啊,受伤概率也非常大。最终,怒江桥顺利完工的时候,负责架桥的那个排,除了排长以外全部都牺牲了。桥架起来了,可战友们没有了。最后排长在万般悲痛之下,选择了跳下怒江,也算是和自己的战友们在一起了!为了纪念这个排,记住这个事迹,就有人在崖壁上刻了一幅'排长跳江图'。"

菜头:

在悬崖上,解放军战士们要先开凿山壁,而保护他们的却只有一根绳索。他们先爬到山顶,再从山顶上放下几十米长的绳索,搭建成一个简易的软梯。筑桥战士踩着软梯,在悬崖上靠着一根钢钎,一把铁锤,打炮眼。悬崖山谷中回荡着此起彼伏的敲击声。战士们手上都裂开一道道血口。那渗着血水的裂口,在"叮当"的敲击声中,慢慢愈合,又再次裂开。

……

泡豇豆

1952年6月18日于金沙江边

虽然没有找到"排长跳江图",但看了信中悬崖上打炮眼的描写后，李萌萌已经能够想象当时架桥是怎样艰难。

车子在怒江桥头停了下来，三人下车，看着江水滚滚，都沉默了。

戒了大半辈子烟的李福海，从儿子手里要了一支烟。他把烟点着，但是没有抽。看着一缕青烟缓缓升腾，李萌萌明白过来，爷爷这是在祭奠。

这支烟，代表的是李福海对那个年代的缅怀以及对那个年代的战士们崇高的敬意。那些战士，有的戎马一生，有的却只是入伍不久的新兵，都义无反顾为了人民、为了国家、为了公路建设，付出了自己的生命。青山处处埋忠骨！他李福海没有忘记，后人们也不该忘记！

 用余生站岗守桥

正当李福海的烟快燃尽的时候,一辆车开了过来,停到一边,下来几个穿着时髦的年轻人,走到怒江桥头准备拍照。李福海识趣地让到了一边,饶有兴趣地看着他们。

"我告诉你们,这座桥,可是有故事的哟。"

"老红军修建的嘛,哦,不对,是解放军修建的嘛。"

"就是。当年,国家确定要从这修桥的时候,就开始找工程队,但是建桥难度太大,就没有哪个工程队愿意来这建桥。后面就把桥分给要修路进藏的解放军了。当时啥设备也没有,要爬到山上搭一个软梯,用最原始的办法把桥修起来的。据说死了好多人呢。"

"这些人太伟大了,要是喊我去,我是不去的。"

"就是,图啥子嘛。"

年轻人拍完照,看到了李福海,对他礼貌地笑了笑,又驱车上路了。看来是一群自驾游的游客。

看着一帮年轻人的车子走远，李福海心里有些说不出的不被理解的失落。同时他也感叹自己老了，时代不一样了。

李福海站在桥头，和怒江大桥一起，成了一道风景。这样有故事感的画面，吸引住了从桥上巡逻走过的一名武警战士。他走到李福海的跟前，行了一个军礼。

李福海看着二十来岁的武警战士，犯了糊涂："小战士，我们认识？"

武警战士立马挺直了腰板立正，行了一个军礼说："报告首长，我是武警战士刘光虎！"

"刘光虎？你认识我？"

刘光虎嘿嘿笑了笑，说："报告首长，我在这一带做巡逻工作，我守桥都快两年了。您不是第一位在这里缅怀过去的老首长。和这座桥、这条路是不是有关系，我一眼就能分辨出来！就像您这样，眼神里带的感情都是不一样的！"

听刘光虎这么一说，李福海有些激动："你是说，还有像我这样的老家伙到这里祭奠？"

"那可不。有自发来的，有民间团队组织来的。老首长，这条路是您和战友们修的，对不对？"刘光虎试探地问。

李福海摆了摆手："不提了，不提了。"

刘光虎赶紧说:"老首长,没关系,不提,不提。那您是来这看看桥,还是要继续往前走呢?"

"还要往前,把以前的路再走走!"

刘光虎冲着李福海行了一个军礼,又要巡逻去了,走了两步,又回过头来看着李福海嘱咐道:"江边风大,您多保重!"

看着刘光虎离开的背影,李福海也郑重地回了个军礼,同时觉得心里立刻温暖了许多。这个小战士给人的感觉,让他想起他们道班以前有个工友叫张祥,来自重庆的。他聪明热情又大方,每次出工他都开着铲车在道路上开路。一次,张祥开着铲车在路边工作,突然山上有巨石滚落下来。他没有时间开车躲闪,只能条件反射地顺势躲在路堤后面,才捡回了一条小命。但他心爱的铲车,却被巨石给压扁了,一个大小伙子,还心疼得痛哭了一场。铲车在当时可是很先进的大型修路设备了,为此,张祥挨了一个处分。即使这样,他也不往心里去,整天照旧像个小太阳一样积极地工作。后来,被安排去内地学习,成了一名工程师。

李福海他们从八宿出来,往林芝的波密走需要翻越安久拉山。安久拉山海拔约4300米,也没有隧道,那些路还是很险要的。安久拉山上有个然乌湖,一进入那片

湖泊，视野豁然开朗，湖水碧绿，群山巍峨，空气清新。

三人又下了车，站在湖边，近距离感受湖边风光的旖旎。李福海正陶醉在景色之中，这时，电话突然响了起来。

"好，好，好好！"

简短的一通电话后，李福海告诉李远昌和李萌萌，联系上"小菜头"了，他们已经驱车从拉萨往这边赶。这么看，两边车会在李福海曾经奋斗过的林芝到波密段公路相见。

"'小菜头'到底是谁啊？"答案就要揭晓，李萌萌也有些兴奋，催促着父亲赶紧发动汽车。

夜幕再一次来临，披着星光，一辆汽车穿过山峦，驶向深邃的远方。

27 雪地车祸

这一路上,需要特别注意暗冰,没有绑防滑链的车子很容易溜车。特别是连续转弯的地方,李远昌尽量减慢车速,少踩刹车,以减少溜车的危险。但没有想到的是,刚过然乌湖不久,天空就飘起了零零散散的雪花。越往前,雪就越密集,开了几千米,发现公路两旁早已堆起了厚厚的积雪。

这趟进藏,是建立在要保证一车人安全的前提下。李远昌看副驾上的老爷子一副泰然自若的样子,后排座的萌萌也没有说身体有何不适,便又往前开了几千米。

雪花纷纷扬扬,没有转小的意思,李远昌打起了十二分的精神,盯着前方的路面。李远桂的电话这时打了进来,李远昌便开了免提,一边观察路况,一边听着老姐姐在电话里不放心地问东问西。李远昌是绝口不提遇到了下雪天气,他担心要是说了,姐姐的暴脾气肯定立刻爆炸,所以他报喜不报忧地聊了一会儿,又特地叫老爷子和李萌萌也都说了几句,证明大家情况都还不错,又听着李远桂在电话里事无巨细地叮嘱了一通,才终于松了口气挂断了电话。

雨刮器早开了,开始抱团的雪,越抱越大,还跟着风力往车窗上砸去。为了安全起见,李远昌决定还是先找个地方避一避,歇歇脚,等雪小些了再走。

刚打定了主意,没想到过了一小会儿,仪表盘上突然跳出一个黄色警告标识:发动机故障。

没有跑过高原长途的李远昌有些心慌意乱。

这里前不着村,后不着店的,又是这么个天气,车子可不能在半道上出问题啊,坚持到可以提供食宿的地方也好啊!李元昌心里默念着,忽然,车底传来一声沉闷的"咣啷"声。

李远昌心里一惊,真是屋漏偏逢连夜雨,完了,好像车胎爆了!李远昌尽量稳着劲儿慢慢踩刹车,带着疑惑的眼神向侧后方看了一眼,透过车尾卷起来的雪沫,看到左侧的轮胎已经被旋出了一截。

李远昌尽量保持镇定,将车平稳地减速,在路边足够安全的地方停了下来。

"老爸,车出啥问题了?"李萌萌也有些担忧。

"没事,没啥大问题。"李远昌边说,边开始检查车辆。车内的音响、空调等设备都无法正常工作,发动机已经罢工了。李远昌一次次试图启动车辆,但每一次尝试都以失败告终。

车子停了下来,车厢内立刻寒意四起,李远昌打了一个哆嗦,看了看李福海和李萌萌,这爷孙俩也是冷到脸色都变青了。但经历过事的人,还是有处变不惊的气魄,老爷子依然神态泰然,还安慰他,示意他下车看看。而后座的李萌萌,不知道事情的严重性,脸上也没有太大的波澜,只是懂事地要跟着李远昌一起下车看看怎么回事。

李远昌下车后,从车上拿下来一把铁锹递给李萌萌,叫她帮忙铲去轮胎旁边的积雪。他则围着车转了一圈,到车头打开了引擎盖子。

李萌萌也没戴手套,听从老爸的指挥,卖力地铲雪,她的手被冻得通红,也没有歇口气。她心里倒是有了一点穿越回到二十世纪五十年代在这修路的感觉,比这更冷的天,他们又何尝怕过?鄢小波掉到雪窟窿里,不也挺过去了吗?

李远昌知道是发动机出了问题,但打开引擎盖子也于事无补啊。他只能看看发动机,什么问题也解决不了。随即他从车里拿出千斤顶,将爆胎的车轮顶了起来,用铁链固定住车轮,然后拿起手机赶紧拨打救援电话。专业的事情,还是得交给专业的人!

车子抛锚的时候，一辆白色小轿车从他们身边经过，车主摇下车窗，好心地问他们需要什么帮助。李远昌指了指电话，摆了摆手。这种情况，只能是等着救援车辆过来拖车了。

电话拨了一次又一次，都没接通。车子旁又过去几辆小车。李远昌拿着手机，有些焦躁地围着车子来回踱步，突然，前方传来"砰"的一声闷响，李远昌抬头一看，哎哟，前面是这条路的一个大转弯，一黑一白两辆越野车撞到了一起！

雪天路滑，车辆不好把控方向，以及遇上暗冰溜车都是常有的事。两辆车撞上后，车子原地停了下来，车上的人也跟着下来了，两堆人站到路边，吵了起来。

李远昌反复拨打救援电话，终于接通后，得到的答复却是因为李远昌所在路段突发极端天气，前方几千米处还有几起车辆追尾事故，因此引起了堵车，救援车辆将尽全力过来，但是具体需要多少时间，还要根据道路疏通的情况才能确定。

这样的回复，李远昌也没办法要求对方什么，只能态度和缓地给对方讲清楚自己车上还有老人和孩子，希望道路通畅后能及时过来救援。

李远昌挂断电话，心里想着能不能拦住一辆过往的车辆，把一老一小先送到安全的地方去。

李萌萌已经将四个轮胎边的积雪清理干净了。李远昌走到女儿身边,帮女儿搓了搓手,示意女儿把铲子放回车里。

要拦一辆车,也得道路畅通有车开过才行。李远昌看着前方拐弯处堵住路的两辆越野车,叹了口气。他把事先准备的军大衣给老爷子盖上,并说了一下现在的情况,跟他交代说要去前面看看,如果有车子能开动,就拜托司机把他和萌萌捎到暖和的地方先住下。

李福海点了点头,李远昌把车门关好,往前方走去。坐久了的李萌萌和爷爷说了一声,小跑着跟在爸爸身后,也要去瞧瞧热闹。

李远昌走近一瞅,看样子是溜车造成的碰撞,两辆车撞得也不严重,拍照处理一下就可以了。可偏偏其中一方态度不太好,两边都是年轻人,说话难听了一些,谁也不服谁,谁也不让着谁,就吵了起来。

见有旁观的人过来,两边的人都觉得自己委屈,都觉得自己占理,吵嚷的声音反而更大,吵得还更起劲了。

一堆人吵吵嚷嚷挤作一团,他们哪会注意到就在这个时候,一个大约四五岁的小男孩从白色的车子里爬了出来。他看都不看一眼情绪激动的大人们,而是抬起头,看着纷纷扬扬的雪花,伸出小手,想接住几片。落下的雪花有大有小,小男孩接住了一片大的,兴奋地原地蹦了几次。可谁知,雪花在他手心里眨眼的工夫就融化得没了影儿。他的大眼睛眨巴眨巴地还来不及气恼,就看到一片更大的雪花晃晃悠悠地从天而落,他赶紧伸出小手,跟着雪花追了过去……

此时的大人们正火力全开,吵得不可开交,谁会想到一个小孩会跟着雪花越追越远呢?

护送您一程

"贝贝!贝贝!!"

因撞车而剑拔弩张的两群人吵不起来了!因为贝贝的妈妈发现,车子里的孩子不见了!不是交代了贝贝外面冷,就在车里好好玩吗?车子不是锁好了吗?怎么就不见了?

"贝贝!贝贝!!"

吵着吵着,孩子丢了!贝贝爸妈找了一圈没见到孩子,都急了。贝贝妈就怪贝贝爸遇到事不肯后退一步、不肯礼让一些。贝贝爸则怪贝贝妈,不是也怂恿得起劲吗?一个当妈的咋不抱着娃呢?咋就把娃一个人放车上呢?

孩子不见了,本还吵得起劲的一群人,着急忙慌地找孩子;那拉着孩子爸妈吵架的那帮人,傻站了一会儿,见真没看到孩子,也跟着急了,主动帮忙找起了孩子。

车里,车下,路的前头,后头,都有人反复找过了,可就这样一条依山的公路，一眼就能望老远，孩子能到哪里去呢？

半个小时后，还是没见人，所有人都意识到了事情的严重性。贝贝爸妈开始带着哭腔埋怨自己。比起孩子不见了，刮车就显得不值一提，大家都知道反思，悔不当初了。本就要撸袖子打起来了的两群人一下团结了起来，都加入到了找孩子的大军里。

这风大雪大的，都生怕一个没留神，就错过了找孩子的最佳时间。四岁多的孩子，哪里都找遍了，刚刚又没有车路过，爬到山上去又不现实，难道，难道跌到悬崖下去了？

李远昌带着李萌萌也跟着在车周围和车底下都寻找，也没看到半个人影儿。李萌萌便跟老爸说，去问问坐在远处车里的爷爷有没有看到，爷爷坐的位置视线好，也说不准那小孩跑去找爷爷玩了呢！

大家一听，像看到了希望，一群人跟着李萌萌跑向了他们的越野车。可是跑过去打开车门一看，连老爷子也不见！

这就奇怪了，李远昌也纳闷了，有嘴也说不清，难道是自家老爷子拐跑了人家小娃儿？

"贝贝！贝贝！！"

"爷爷！爷爷！！"

大家更急了，最后一分析，把目光锁定在了悬崖边！就悬崖下还没有找过了！

有人站在崖边呼喊着，有人探下身往下瞧，贝贝爸已经不计后果地顺着崖壁滑了下去。李远昌随着贝贝爸的足迹，也滑了下去。

这时的空气都是紧张的，李萌萌真切地感受到什么叫"心都提到了嗓子眼"。小男孩不见了，爷爷也不见了。刚刚还在眼前的人，这就消失了。想来，其实生活中有多大的过错是非在生死存亡面前，都不值得一提了。只要人还活着，还存在，不是比什么都好吗？只要是还活着，珍惜每一天，过好每一天，不就挺好的吗？这一刻她突然觉得学校里的遭遇也好，和同学的摩擦也好，误会也好，通通都不算个事儿了。她看着老爸也滑了下去，眼泪啪嗒啪嗒掉了下来。站旁边的叔叔、阿姨，赶紧走到李萌萌身边，轻轻抚摸她的后背，小声地安慰她。

"在下面！下面！！"是贝贝爸兴奋的声音传了上来。

"上面找根绳子扔下来！"接着是李远昌的声音。

崖上的人都激动起来，大家从车上找来几捆绳子，选了最粗、最结实的一捆，一头绑到车上，一头扔了下去。

所有人都紧紧拉住绳子，做好了拉人上来的准备。

在众人一心的配合下，爷爷李福海被拉上来了！而那个叫贝贝的小孩，被爷爷用衣服包裹在怀中，他的大眼睛扑闪扑闪的，小脸蛋通红，见到妈妈才害怕得哇的一下哭出了声。李福海的脸上和手上都有擦伤，而孩子全身上下，除了鼻涕和眼泪外，毫发无损。

贝贝妈接过了贝贝紧紧地抱在怀里，亲了又亲。有人给李福海解开了腰上的绳子，有人脱下了羽绒服披在李福海的军大衣外面，有人给李福海递了一个暖手宝。贝贝爸和李远昌也跟着绳子的力道爬了上来。

大家好奇地问起来，才知道贝贝下车追雪的一幕，远处车子里的李福海看得真真切切。他赶紧给李远昌打电话，但李远昌正拉着架呢，没注意手机的铃声响了。眼看贝贝已经跑到了山路崖边，李福海裹着军大衣，打开车门，就跑了过去。就在贝贝掉下去的千钧一发，他一把抓住了贝贝，但还是因为重力和惯性，和贝贝一起掉了下去。只是他用军大衣把贝贝裹起来抱在了怀里，贝贝虽然受了一点惊吓，因为大衣和李福海的保护，没有受冻，连一点划伤都没有。

没有李福海，贝贝摔下去的后果不敢想象。贝贝爸妈激动得给李福海磕了一个响头，李福海想拉也拉不住。

没有大家的齐心协力，李福海和贝贝要想从悬崖下上来，也是不容易的。刚刚还吵翻了的一群人，上来后就相互拥抱、握手。

李福海上来后,腿脚就一直在发抖,向李远昌要了一点白酒喝,可还是控制不住。带来的轮椅这下又算派上了用场,李萌萌蹲在爷爷身边,看着爷爷看贝贝的眼神,心里忽然觉得很亮堂,她告诉走过来的李远昌,她心里突然冒出来的感受:"人慢慢长大,就不能光顾自己开心了。成长就是这样,遇到问题,喜欢也好,风言风语也好,最好的处理方法就是面对。不管遇到什么,都顺其自然地去面对。"

李远昌看着女儿,第一次觉得女儿已经是大姑娘了,曾经的小丫头,这下是真的长大了。

李远昌建议老爷子和李萌萌坐贝贝他们的车往回走,信就不要送了。李福海不置可否,眼睛依然看向前方。

李远昌当然知道老爷子的想法,可是车子抛锚了啊,李远昌无奈地劝老爷子。就在这时候,一辆带有道班标志的车出现在他们的视野中,越来越近,越来越近。

"你看,道班的车!接我们来了!"李福海看着道班的车,小孩一样地笑了。

李远昌赶紧把车拦了下来。

"什么情况?"道班师傅停下车,问道。

"我们老爷子在道班工作了一辈子,这趟进藏,想去以前工作过的道班看看。哪晓得,车坏在这儿了。"李远昌语气里带着一点恳求。

道班师傅立马拉了手刹,豪爽地下了车,一拍胸脯说道:"不要担心,不要担心。我看看车子是怎么回事。"

李福海笑意盈盈地看着道班师傅,这师傅一边热心地检查车辆,一边大言不惭地吹着牛:"我虽然不是专业的修车工,但还是有一些修车经验的。国内国外的,烧油烧电的,什么车我没见过。就你这点小问题,不怕!"

李远昌一听,反而更加担心起来。但道班师傅真是一副很娴熟的样子,帮忙换了备用轮胎,又打开引擎盖,指挥着李远昌在驾驶位子上打火。他打了一个OK的手势后,从道班车上拿下来一个工具箱,胸有成竹地拉出线路,取出火花塞用干抹布擦了擦,若无其事地和李福海闲聊着,把李福海的身份和要进藏去看现在的公路以及送信的事,知道了一个大概。

盖上引擎盖,李远昌一启动车子,仪表盘上的黄色报警标识竟真的不见了。

道班师傅还在和李福海开着玩笑:"老爷子,你那道班精神还在不在?还要不要进去?"

李福海指着道班师傅笑了笑,学他的样子拍了拍胸脯,说:"区内区外,什么样的路我没修过,什么样的路我没走过?咱们西藏出来的道班工人,啥时候都有精神!"

"好!"道班师傅竖起了大拇指,对李福海说:"老爷子，走哇！我来给你开路！这节路风大雪大的，我送你！"说完，道班师傅又爽朗地一笑，收起工具回到了自己的车上。

　　贝贝父母，还有另一辆事故车主，他们听到了李福海的故事后，已经把车挪好，停到了一边。他们的车只是刮擦，不影响出行。他们已经商量好了，等道班的车在前面开路，他们的两辆车就跟在老爷子后面，他们也好护送老爷子一程。等老爷子到了安全的地方，他们两家人还要好好"交流"一下，找个地方不醉不归！

道班遇亲人

波密到林芝的一处道班,那就是李福海心心念念想要再去看一眼的地方。道班师傅一路开道,把李福海等人安全地护送到了目的地。这时早已开出了风雪路段,天气好转,蓝天下,金灿灿的太阳暖暖地洒在每一个人的身上。

李福海下车给道班师傅还有后面护送的两辆车挨个致谢。贝贝爸妈,有点不好意思地提出要一起合个影,他们不仅要对一些小摩擦的处理方式引以为戒,更重要的是,等贝贝长大一点,他们还要给贝贝讲起这个故事,讲起故事里的每一个人。

道班师傅一听照相就不情愿,本来想溜的,结果被贝贝爸强行拉进了画面,留下了一张大家都会珍藏的珍贵合影。

几波人就此告别后,道班领导听说有一位老前辈过来了,热情地把李福海他们迎进道班,又是倒茶又是削水果，热情款待，还主动要带老同志参观，看一看日新月异的变化。

在道班领导的陪同讲解下，李福海看到了现代道班借助先进的技术和机械设备来改进施工过程。全球定位系统（GPS）、激光测量仪、电动工具等得到广泛使用，提高了施工的准确性和效率。而过去则主要依靠传统的测量工具和手动操作的工具。现代道班还使用更多的先进建材和工艺，以提高道路的耐久度和质量。这些包括高性能沥青、混凝土材料、环保材料等。现代道班更加重视工人的安全和保护。提供全面的个人防护装备，如头盔、防护眼镜、耳塞等，以减少工伤风险。此外，还采用更加严格的安全标准和程序，以确保工作场所的安全。现代道班更加注重环境可持续性和生态友好性。他们致力于减少对自然资源的消耗和对环境的破坏。这方面的考虑在过去确实没有得到同样的重视。

道班工作人员听到来了这么一位老前辈，纷纷过来围观，要一睹他的风采。

见来了这么多的道班同志，李福海很激动，抱着试试看的心理问："你们知不知道有一个叫金珠的老同志？"

"金珠？哪个金珠，我们这里好几个金珠呢。"

"是啊，是啊。好长一段时间，大家都喜欢给娃娃取名叫金珠。金珠玛米亚古都嘛。"

李福海说完,大家就笑了。

其中一个年轻的小伙子就问:"你说的是不是从内地来这里当兵,退伍后留在这里的那个金珠?"

"他的年龄多大?"

"应该有七十好几了。"

"是不是个子不高,一米六多一点点的个子?"

"差不多。"

"是不是走路喜欢甩手,摇来摇去的那种感觉?"

"好像是的。"

"哎呀,他在哪里呢,快带我去看看哪!"

"就在我家。金珠就是我爷爷。"

李福海激动坏了,拉着小伙子的手,即刻就要去他家看看。

道班派了车和李远昌的车一起,往一个乡里驶去。

李福海在车上一路激动地说:"这条路我知道,我们以前在抢修道路的时候,两边都塌方了,唯独中间有一条小路,这条路就可以通向前面的这个乡,大概30多公里。这是一条救命的路。现在修这么好了,修成柏油马路了。好啊,好啊,现在村村通柏油马路了。"

李福海回头看了看在玩手机的孙女,又看了看开车的儿子,接着说道:"我之前在这被塌方压到过。你援朝叔叔,就是通过这条小路搬来的救援。就是金珠带人过来帮我的。金珠他是汉族,当兵退伍入赘到这个乡,改名叫金珠,金珠是解放的意思。我给你们说,这个金珠啊,哎呀,晒得跟藏族人差不多。我们那个时候,其实都晒得跟金珠爷爷一样。萌萌啊,你看,信里讲过一个金珠的故事,你爷爷我还有另一个叫金珠的老朋友!"

车子沿着狭长的山谷缓缓前进。李萌萌望向窗外,远处的雪山,近处还带着绿意的植被,如诗如画的美景中,当年竟有这样的故事发生,就觉得这种感觉很奇妙。

车子缓缓开进了一扇大门,进去后是两排很有特色的二层楼房,房子上插了五色的隆达,还有鲜艳的五星红旗。

小伙子把大家带进了房子里。推开门,暖意扑面而来。李萌萌闻到一股牛粪味儿,好奇地跑到房间中央的那个铁皮炉边,围着堆砌的牛粪转了一圈,说:"真像一个大蘑菇!"

小伙子见她对牛粪炉子好奇,热情地介绍说,烧牛粪炉子和烧柴火不一样,牛粪是周边草地上的遗留,不等它全干,就会被捡回来,掺和一些青稞杆搅拌后,有规律地贴在墙壁上,等自然晾晒干后,整齐地堆放在院里的角落,用的时候就方便了。介绍完,小伙子到楼上去了片刻,之后,一位老人小跑着就出来了。看到李福海,擦了擦眼睛,又退后两步,满脸不可思议的表情确认了一下,才又小跑着上前一把抱住李福海:"李师傅,真的是你啊!你来了啊!哎呀,我这个心情啊……"说着,眼泪就流了下来。

"金珠,你老了哟,我亲爱的金珠啊!"李福海抱着金珠,眼泪也是喷涌而出。

两个人拉着手,像两个小孩亲昵了好一会儿,才一起坐下,看着对方的脸,聊起了彼此的变化。本来还想哭的两个人,说着说着,指着对方的皱纹,笑出了声,又开始互相调侃了起来。

看着爷爷和他的老友亲昵地聚在一起,回忆着从前的点点滴滴,让李萌萌的内心也充满了温情和期望。看着眼前这两个多年未见的老友相聚在一起,彼此间的情谊在时间的洪流中愈发坚固,有那么一瞬间,仿佛也看到了自己和蒋倩也成了老太太,相互拉着手,有着说不完的话。想到这里,她又突然警醒了,那个自己老了以后也拉着手絮絮叨叨说话的人,一定是一个和她相互珍惜和尊重的人。

小伙子又带着李萌萌参观了一遍屋子,讲了很多西藏的风俗和趣事。等李萌萌参观完,和大家一起落座,一口冒着热气的大锅被女主人端了上来。掀开锅盖,伴着升腾的热气,一股土豆和牛肉的味道弥漫开来,馋得李萌萌直咽口水。不光是土豆和牛肉,接着酥油茶、风干肉、青稞酒、各种点心在长条的藏式茶桌上摆得满满当当，让李萌萌目不暇接，激动快活的小心情似乎要让她飞起来。

青稞酒可真好喝！大家不停地举杯庆祝这样一个重逢的好日子，李萌萌就在这欢快的气氛中第一次品尝到了什么叫作美酒。李远昌还特地给金珠一家送上了家乡的特产。这个时候，他心里就想着多亏了有李远桂这样细心的姐姐。

酒足饭饱，宾客尽欢。告别了金珠一家，在回去的路上，李福海的电话响了。他接通电话后，脸上的表情一下严肃起来，挂断电话，他看着李远昌和李萌萌好奇的目光，笑了笑，说："信的主人已经到了道班，我们这就去送信吧。"

信的主人

信的主人已经到了道班！三代人有不一样的感受，但都怀着激动的心情，想一睹尊容。

车子还没停稳，几个同样激动的人就围了过来。走在最前面的那个六十岁左右的男人，一头花白的头发格外醒目。

隔着玻璃，李福海看着来人，身体都不自觉地往外倾斜。两个人隔着玻璃，就想把手牵到一起。

车子刚停下，李福海就已经打开了车门，颤巍巍地被几只手同时搀下了车。

两位都已过了甲子的男人，表情不可思议又满含深情地相互看了看，随后紧紧地搂在了一起。

李萌萌猜他们会哭。果然，两个人都哭了。哭过之后，情绪和缓了下来，李福海叫李萌萌赶紧把装信的铝盒抱过来，交到来人的手中。

"远路啊，这些信，一半是你爸惦记我，写给我的，

一半是我惦记你,写给你的。"

原来是这样。李萌萌心想,和自己的猜想也差不多了。

李福海一边说着,一边把李远昌和李萌萌叫到跟前,介绍说:"他叫李远路,我哥哥李福江的儿子。他就生了这么一个儿子,人就没了。"说着,李福海又想哭,但还是克制住了,接着介绍说:"这是李远昌,我的儿子。这是李萌萌,我的孙女。远昌,你得管远路叫大哥,萌萌,你得叫大伯。"

李远路也把身边的儿子李扎根给大家做了介绍,然后激动地掏出手机,拨通了一个电话。

电话那头传来一个老奶奶的声音:"哦,见到了?这么多年了。福海,福海是你吗?"

"是我,是我。嫂子,嫂子是你吗?"李福海的声音里带着兴奋与感慨,如同迷失的孩子终于找到了家的感觉。

"是啊,是啊。这么多年了,都还在呢,都在呢。远路啊,带你叔一家到拉萨来吧,一家人该团聚了,该团聚了。"

李远路和李福海都点头答应着,大家商量着,这就开车去拉萨。

李远路拉着李福海和李萌萌,要他们和自己坐一辆车。李萌萌看着大伯和爷爷一直拉着手,便拿出手机给他们拍照片。

"我找你们啊,哪里都找过了,结果你们去哪里了呢?"李福海委屈地追问,眼泪都要掉下来了。

李远路一边拍着李福海的手,一边向自己的叔叔讲起了以前的经历。

原来德吉和李福海见面之后,因为伤心过度,身体状况一下就变得很不好。他们当时居住在布达拉宫脚下的那片棚户区,还没下政策说搬迁呢,德吉就听到了内地有学校到拉萨招生的消息。德吉考虑到李远路也不小了,于是就带着孩子去报了名,自己也去争取做了随行的生活老师,这样既照顾孩子,到了内地还能休养自己的身体。就这样,母子两人放弃了拉萨的一切,跟着学校的车到了咸阳,在咸阳开始了新的生活。

德吉本来是托了邻居,让邻居以后看到李远昌,就给带个口信的。谁知道他们住的那一片棚户区改造,邻居自己都搬到别的地方去了,一家人便失去了联系。

后来李远路在西藏念完大学,又选择分配回了拉萨,从母亲口中知道了父亲的故事后,他主动争取调到了交通部门。

刚到交通部门,他就争取去了第一线的道班。这是一种什么心理,李远路也说不上来。他总觉得父亲的宿命在那条路,缺少父爱的他,感觉回到父亲的工作岗位,就像回到了父亲身边一样。

他被分到了青藏线上。刚去一线道班,是师傅普布卓玛大姐带他的。这位老大姐在青藏线上工作了很多年,在平均气温零下8度、最冷时达零下40度、一年8级以上大风天数超过120天、被称为"生命禁区"的地方,普布卓玛大姐活得像一朵灿烂的格桑梅朵。

"我要像爱护自己的眼睛一样爱护好这条幸福路和团结路。"这是普布卓玛经常说的一句话。

她所在的工区管养着40千米的路段,每年的五到九月份,普布卓玛都要带着工友们在路边搭帐篷,抓住养护的"黄金季节",突击养护路面。在道路上普布卓玛对李远路说,"这个季节是我们维护道路的黄金季节,也是旅游和西藏建设的黄金季节,路窄车多,工作时一定要注意安全。"

冬天,普布卓玛和工友们在唐古拉山上顶着狂风暴雪,起早贪黑、不分节假日地清除路面冰雪,砸冰排水,疏通涵洞,确保公路的安全畅通,每天工作十几个小时是家常便饭。每次有险情发生,她都会战斗在第一线。李远路心怀崇敬地对她说:"师傅,你像我小时候看过的电影里面的铁人王进喜。"其实李远路心里也常常幻想着自己的父亲李福江工作时也该是这个样子的。

每当听到徒弟的赞美,普布卓玛就会爽朗地哈哈一笑,有时候还会唱起歌:"只要骏马有飞奔的四蹄,有没有金鞍子,我都不在意;只要驮牛有翻山的力气,有没有银铃子,我都不在意……"

普布卓玛在李远路的心中,就是美好的代名词。普布卓玛也对李远路格外地关心,经常告诫他:"对我们道班工人来说,公路安全畅通永远是最重要的!但是作为我的徒弟,你要保护好自己,你的安全也是最重要的!"

李远路心里的这朵美丽的格桑梅朵,关心着别人的安全,而自己却在有一年唐古拉山脉连续遭遇暴雪的时候,公路被积雪淹没,奋不顾身地上了前线。为了保障通往西藏的"生命线"安全畅通,普布卓玛带着自己道班的工友们冒着零下40多摄氏度的严寒挖冰排雪,引导车辆通行。在普布卓玛的带领下,大家顶着冷酷的风雪,吃住就在路边,真正以路为家,没有一个人离开岗位。普布卓玛更是除了短暂的睡觉时间外,一心地扑在了工作上。

极端天气持续了几天,天空依旧下着鹅毛大雪,都模糊了大家的视线。普布卓玛带着自己的小分队,奋力抢修道路。大家都心急如焚,希望能尽快恢复交通,因为被困的车辆里还有病重急需赶去拉萨就医的孩子和老人。大家疏通一截路,就赶紧放车辆过去一截。在一次放行中,突然,一辆没有捆防滑链的重型大卡车失控了,穿过工作区域的警示标识和路障,向着正在指挥的普布卓玛冲了过去。

太快,太突然了!李远路眼睁睁地看着大卡车冲了过去,从普布卓玛身上无情地碾过!那是带他入门的师父啊!没几年就能退休了,她还说退休后要去内地到处转转,她知道西藏的美,但是祖国的大好河山,其他地方的美,她还没有看到过。她还说那时候可以带着她的小孙子到处走走,这个刚做了奶奶的人,还没有帮忙带过孙子呢!

谁也没有想到,这样一个热爱工作热爱生活、格桑梅朵一样的大姐普布卓玛,就这么永远地离开了。

在这条"生命线"上,普布卓玛的精神感动着大家,李远路他们也将这种精神传递了下去。

一次,一辆运输车经过李远路所在道班负责的路段,因驾驶不慎,车辆侧翻,驾驶员受了重伤,危在旦夕。李远路和工友们赶到现场,因为当时条件有限,大家就轮流背着受伤的驾驶员徒步走了二十多公里赶回工区救治。那二十多公里路上,大家默契地接着力,等到把人送到了之后,又都默默地离开了。如果不是事故司机好转后凭着记忆找到了道班,送上了锦旗,领导和同事还不知道他们的好人好事。这样的事,在他们看来,只是遵从本心,微不足道,也不求回报。

还有一次，一辆外地牌照的旅游车在唐古拉山附近，由于驾驶员高原反应强烈，导致车辆滑到公路下，车辆损坏无法行驶，车上还有许多生命等待救援。已经做了班长的李远路立即组织工友带着施救工具冒着雨雪赶到事故现场进行救援。一声令下，全体人员全力配合。在救援的黄金时刻，他们果断地做出决策，有效地组合行动。由于车上两人受了重伤，救援队以最快的速度把重伤者送往了医院，对其余人员又及时做了检查和疏散工作。

在他们的辖区内，只要遇到事故，他们就义无反顾地提供帮助，他们把救助公路上的遇险人员当作了自己应尽的责任。被他们道班救助的人不计其数，感谢信装了好几大柜，那些锦旗也早已挂满了工区会议室的墙壁。

除了道路上抢险，李远路他们还和当地牧民一起抗雪救灾。有一年，一场突如其来的大雪，把周边的土地彻底掩盖。草场被厚雪掩盖，牛羊冻死，受灾的牧民与外界失去了联系，食物和供暖都成了大问题！

强健一点的村民，穿着笨重的厚衣，冒着大雪，步履艰难地来到道班，敲开了道班的门。

道班立刻上报情况，接受组织安排，变成了一支临时的救援队伍。李远路他们冒着严寒，穿梭在白雪皑皑的草原上救助受困的牧民。他们携带食物和药品，逐家逐户奔走，争分夺秒地想为大家带去温暖和希望，以帮助大家树立信心坚持到救援大部队的到来。

救援大部队赶来后，决定帮助整个村子转移。就在救援大部队已经带着村民们转移后的第二天，牧民阿旺骑着摩托车，沿着大部队踩出来的转移路线，赶到了道班。说是有两个孩子舍不得冻死的小羊，悄悄跑了回来，天就快黑了，孩子还没有找到。

天黑后再找不到孩子，那就是凶多吉少了。阿旺急得眼泪都掉了下来。

事不宜迟，李远路赶紧带工友开着铲雪车，来到了被风雪包围的牧场。

大雪飞舞，狂风呼啸，整个村庄笼罩在一片银白的寒意中。那回去找羊的孩子，到底在哪里呢？

大雪纷飞中，阿旺和道班的战士们大声呼喊孩子的名字。他们的声音在狂风中时大时小，原来风雪连声音都可以淹没。时间一分一秒地过去，大家露在外面的眉毛和眼睫毛都凝上了一层白白的冰霜，他们的手脚冻得发麻，但大家根本顾不上这些，每个人的脸上写满了焦急，因为他们深知在这样的天气和环境中，孩子们需要尽快得到救援，否则凶多吉少。

大雪和狂风再是猖狂，也挡不住他们寻找的脚步。

"村子附近已经搜索完毕，看来要扩大搜索范围了！人不要离开铲雪车，以防出现新的状况！"天色越来越晚，李远路和工友们一咬牙,决定不能放弃,继续扩大搜索范围。

在扩大搜索范围后不久,阿旺就看到了在雪地被冻得瑟瑟发抖的孩子们。而他们的怀里,还真抱着一直咩咩叫的小羊。还好他们还抱着一只小羊可以相互取暖,否则在这冰天雪地里,太阳一落山,后果真的不敢想象。

大部队是赶不上了,筋疲力尽的李远路和工友们把阿旺和两个孩子带回了道班。李远路在道班黑牦牛毛编织的帐篷里,升起了一堆小小的篝火,身穿羊皮袄的两个孩子一起抱着一只小羊羔坐在火堆边。他们红通通的脸蛋上,镶着宝石一般水汪汪的大眼睛,小羊羔在他们怀里不时咩咩地叫着。那个画面,李远路永远也忘不掉。

李远路讲着讲着,就说到了自己的儿子李扎根。因为在道班工作,回家一次不容易。

"因为道班海拔高,又离学校远,我们就把儿子放在了老母亲身边。"说到这里,李远路感到心痛和内疚,"我就没陪过儿子几天。错过了儿子的第一次走路、第一次说话、第一次骑车,错过了该和儿子一起享受的家庭生活。"

李福海深有感触,拍了拍李远路的手,算是安慰了。

"只有休假的时候,才能回去陪他。他能有今天的样子,还是多亏了老妈妈啊。"

负责开车的李扎根已经是一名筑路工程师。他沉默寡言，一路上都不怎么说话，只是边开车，边听着两位老人说话。可看得出，只要老人们聊起修路，他的表情便兴奋起来，跃跃欲试地想说些什么，可又什么都没说。

赞天路

两辆车开进拉萨之后,缓缓地停在了西郊河畔,一座三角形的高大纪念碑附近。众人下车,李萌萌扶着爷爷李福海,李远路和李远昌分别走在他们左右,在李扎根的带领下,一起走向"川藏、青藏公路纪念碑"。

李萌萌看到纪念碑上刻有碑文,便小声地读了出来:

世界屋脊,地域辽阔,高寒缺氧,雪山阻隔。川藏、青藏两路,跨怒江攀横断,渡通天越昆仑,江河湍急,峰岳险峻。十一万藏汉军民筑路员工,含辛茹苦,餐风卧雪,齐心协力征服重重天险。挖填土石三千多万立方,造桥四百余座。五易寒暑,艰苦卓越。三千志士英勇捐躯,一代业绩永垂青史。三十年来,国家投以巨资,两路几经改造。青藏公路建成沥青路面,高原公路,亘古奇迹。四海闻名,五洲赞叹。

巍巍高原,两路贯通。北京拉萨,紧密相连。兄弟情谊,亲密无间。全藏公路四通八达,经济文化繁盛,城乡全貌改观。藏汉同胞,歌舞翩跹,颂之为"彩虹",誉之为"金桥"。新西藏前程似锦,各族人民携手向前。

李扎根看着认真的小堂妹,给她介绍说:"这是1984年,为纪念两路胜利通车30年而修建的纪念碑。这么多年过去了,虽然西藏立体化的交通非常便捷了,但是川藏公路和青藏公路仍然是西藏的运输大动脉。"

蓝天下,看着金灿灿的阳光洒在伟岸的纪念碑上,李萌萌心里不知为何就升起一种感动,脑子里突然响起了一股旋律,边用手机播放边对李扎根说:"哥哥,我突然想起了一首歌,我放给你们听。"

手机里传出的是歌手韩红演唱的《天路》:

清晨我站在青青的牧场,

看到神鹰披着霞光,

像一片祥云飞过蓝天,

为藏家儿女带来吉祥。

黄昏我站在高高的山岗,

看那铁路修到我家乡。

一条条巨龙翻山越岭,

为雪域高原送来安康。

那是一条神奇的天路,

带我们走进人间天堂。

青稞酒酥油茶会更加香甜,

幸福的歌声传遍四方。

伴随着歌声,李福海带着大家深深地向纪念碑鞠了一躬。

李萌萌知道,有形的是丰碑,无形的是精神。

此刻纪念碑前的李福海,正回想当年十万军民在高寒缺氧、极其艰苦的条件下团结奋斗的场景,是这些有名和无名的英雄创造了世界公路史上的奇迹,结束了西藏没有公路的历史,他们的精神一直延续到之后建设和养护公路的过程中,形成了一不怕苦、二不怕死,顽强拼搏,甘当路石,军民一家、民族团结的"两路"精神。

从小失去了父亲的李远路,虽然无数次路过这座两路通车纪念碑,但今天在李福海这个亲身经历者和见证者的陪同下,站在纪念碑前,他百感交集,感叹道:"一路上,看到一个接一个的烈士陵园。人们都把这条路比喻成生命线,这哪是比喻,这条路就是真正的生命线,那么多生命换来的生命线。猛士身躯埋沟壑,天险从此变通途。壮志已酬无遗憾,万叠惊涛敬英灵。"为打通这两条天路,3000多条生命长眠在了高原。活下来的,献了终身,也献了子孙。

参观完纪念碑,李扎根开着车,拉着这一家老小,驶向了回家的路,而这条路上,开满了美丽的格桑花。

后记

西藏之行结束了,回到了干休所的李福海,脑子有些糊涂,开始变得不记事儿了。

"你是谁呀?朱宏明啊?不是啊,你是李远昌啊?"

"你是谁呀?石金花啊?不对啊,你是萌萌?"

好在李远路办好了退休手续,也将母亲接了过来,和李福海住进了同一个城市里,时常都会去看望他,陪他下下棋,活动活动脑子。下棋的时候,李福海的脑子和原来一样好使。住得近了,就没以前那么客客气气的了,两个人一起下象棋,还会为谁悔棋拌拌嘴。这种情况要是被李远昌碰上了,在他和稀泥的功夫下,两人通常是越吵越凶。而要是被李远桂遇上了,保证几句话就能让两个老顽童乖乖闭嘴。

重回学校上学的李萌萌,主动和蒋倩打了招呼,这个办法,还是堂哥李扎根教她的。她现在可是堂哥的小迷妹,她跟同学介绍堂哥时,都说他是知识面广、有理想、敢追梦的"三代养路人",是她的指路明灯。

第二学年,学校举办了一次作文比赛,要求是写一座城市。在李扎根的帮助下,李萌萌查找资料,加上个人的情感和见解,写下了这篇《如莲的拉萨》。她将作文誊写到了信纸上,用贴了三根鸡毛的信封装了起来,寄给了爷爷李福海。他不是常常不记得她是李萌萌吗?她没有署名,因为她也要爷爷猜猜写信人是谁。

亲爱的李福海:

你是否又一次在梦里开始想念一条路,想念那条通往拉萨的路?

广袤、空旷、神秘、寒冷,曾经很长一段时间,在人们的想象里,拉萨啊,像一朵冰山雪莲般,孤绝地矗立在少有人烟的雪域。当回走在历史的长廊,观赏这朵雪莲,能看到她作为川、滇、青、藏等地的贸易集散地,何其热闹;能看到她作为唐蕃古道、茶马驿道重镇,何其繁华。

俯瞰拉萨的地貌,在青藏高原中部,地势北高南低,由东向西倾斜。雅鲁藏布江的支流拉萨河在群山逶迤中,冲刷出了中南部平坦的河谷地带。公元前二世纪初,张骞第一次出使西域各国的时候,拉萨和外界的交通还停留在部落之间小范围的联通。随着汉朝加大力度向西拓展联系，丝绸之路上的贸易往来和文化交流在中亚、西亚以及欧洲、北非之间迅速发展。随着丝路兴起，作为丝绸之路关键经往地带的西藏，也在这个过程中，交通道路大致走向慢慢成型——既有北方丝绸之路主道及其分道，又分别在南亚、东南亚诸国境内与北方丝绸之路、南方陆路丝绸之路接轨。

她绽开如莲的花瓣，通往各地的各种道路，次第绽放、蔓延。

随着新中国的成立，西藏和平解放，进藏的中国人民解放军筑路部队以"让高山低头，叫河水让路"的革命热情和顽强战斗意志，用铁锤、钢钎等原始工具，劈开悬崖陡壁，跨过岷江、大渡河、金沙江、怒江、拉萨河等众多河流，横穿龙门山、青龙洞、澜沧江、通麦等八条大断裂带，将川藏、青藏公路修通到了拉萨，改变了西藏长期封闭的状况，对人民生活的改善、西藏经济建设和国防建设等起到了极其重要的作用。

两路工程的巨大和艰险，在世界公路修筑史上都是前所未有的。天堑变通途的时候，有三千多名筑路英雄，捐躯在高原之上，长眠在雪山之中。

1984年，时逢青藏公路和川藏公路通车三十周年，在两路的终点，今天拉萨市城关区，一座公路纪念碑拔地而起，高耸入云。碑文使用藏汉两种文字，铭记了这段悲壮的历史和伟大的牺牲!

2024年的今天,正值青藏公路和川藏公路通车70周年,在"两路精神"的激励下,一代又一代的中国人创造了一个又一个的新奇迹。

如莲的拉萨,就在眼前。

亲爱的李福海,拉萨也会想你的!

小豇豆

2024年3月于格桑花旁

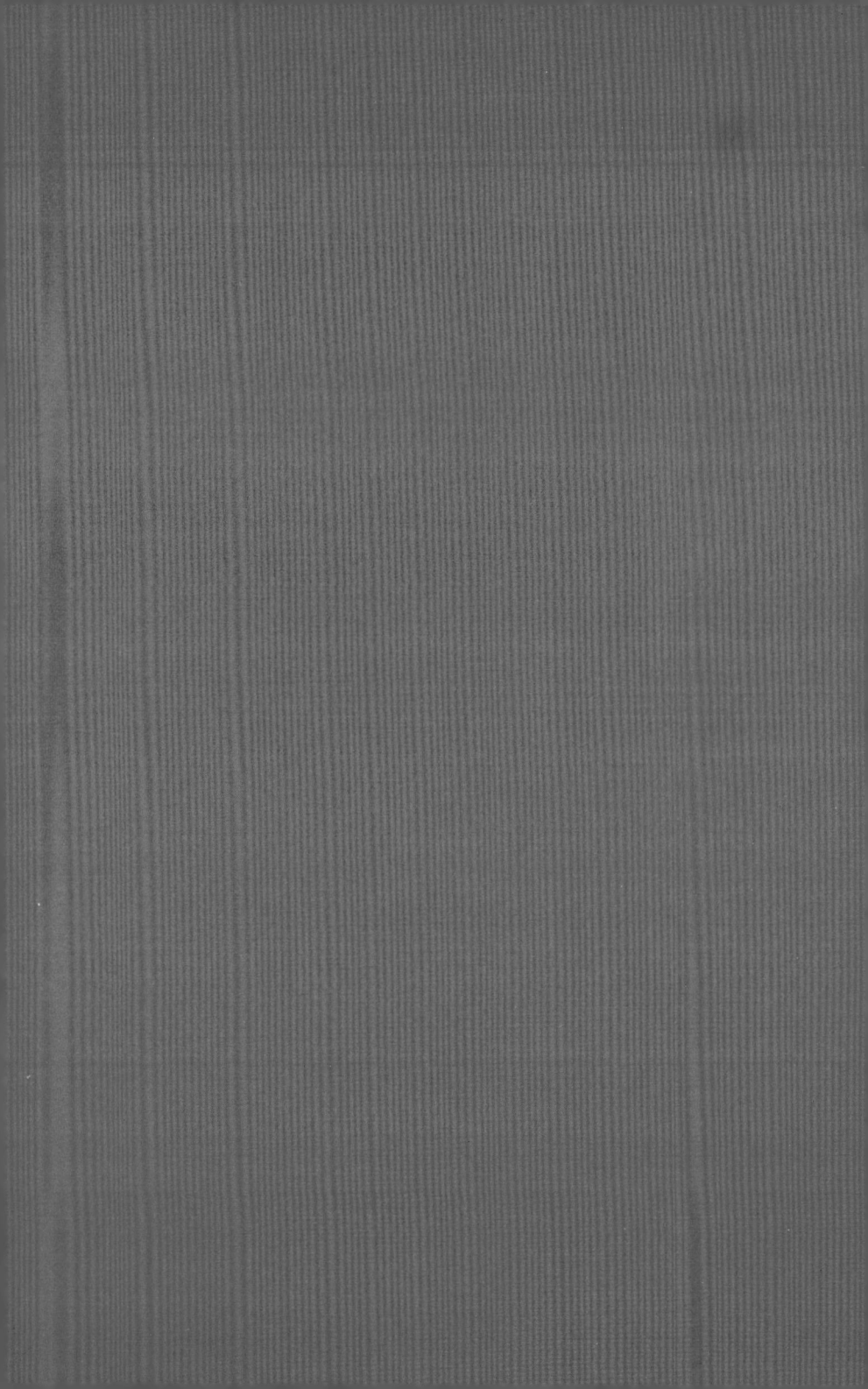